KB055696

로크미디어가
유혹하는
재미있는 세상

ROK
MEDIA
로크미디어

음악의 신들과 함께한다 17

2021년 11월 24일 초판 1쇄 인쇄
2021년 11월 29일 초판 1쇄 발행

지은이 이한성
발행인 김정수 박준규

기획 이기헌 왕소현 박경무 강민구
책임편집 천기덕
마케팅지원 배진경 임혜솔 송지유 이영선

발행처 (주)로크미디어
출판등록 2003년 3월 24일
주소 서울시 마포구 성암로 330 DMC첨단산업센터 318호
Tel (02)3273-5135 **편집** 070-7863-0307 Fax (02)3273-5134
홈페이지 rokmedia.com E-mail rokmedia@empas.com

ⓒ 이한성, 2016

값 8,000원

ISBN 979-11-354-7129-2 (17권)
ISBN 979-11-354-5826-2 04810 (세트)

이한성 현대 판타지 장편소설

17

음악의 신들과
함께한다

ROK
MEDIA
로크미디어

contents

chapter. 1

〈바람의 왕국2〉의 뮤지컬.

한지혁으로서는 최대한 완성도 있는 상태로 대중에 드러내고 싶은 작업이었다.

물론 다즐링 측도 같은 마음이겠지.

출연하는 다른 배우들도 당연히 마찬가지일 것이고.

그렇기에 한지혁은 자신이 할 수 있는 모든 것을 하기로 했다.

"그래서…… 저희가 지금 여기서 뭐 하는 거라고 하셨죠?"

옆에 앉아 있던 벤자민이 물었다.

한지혁은 그의 목소리에 담긴 의아함에, 피식 웃음을 흘리며 입을 열었다.

"곡을 만들 거야. 정확히는 곡들을 하나로 만드는 작업을 하는 거지."

이미 곡 작업은 다 끝내 놨다.

OST는 지난번에 작업을 전부 끝내서 페인힐에게 넘겨주었다.

그걸 가지고 배우들이 연습을 하고 있는 상황이 아닌가.

한지혁이 말하는 '곡을 만든다.'는 것은, 그 OST들은 전부 하나로 뭉쳐서 자연스럽게, 극의 시작부터 끝까지 이어지도록 만드는 작업을 말했다.

예전에 영화 〈바람의 왕국〉 사운드 작업을 했을 때 그랬던 것처럼.

하지만 이번에는 조금 더 리얼하게 한번 만들어 보고 싶다.

어쩌면 한지혁이 그때보다 음악적 시야가 더 넓어졌기에 할 수 있는 생각일 수도 있고, 아니면 그냥 아무 쓸데없는 도전 욕심일 수도 있는 거다.

호승심일 수도, 예술병일 수도 있지.

'근데 어쨌든 해 보고 싶다는 마음이 들었으면 해 봐야지.'

실패할 수도 있지만, 애초에 실패를 두려워했으면 한지혁이 이 자리까지 올 수도 없었다.

그를 이 자리까지 올 수 있게 만들어 준 것은 이미 실패한 수많은 경험들 덕분이고, 또 음악의 신들 덕분이기도 했다.

한지혁에게는 경험이 있다.

음악으로 실패하여 인생을 말아먹은 경험이.

이번에는 무엇을 하든 실패 확률이 적을 것이다.

그게 비록 남들이 보기에는 조금 무모해 보여도.

"곡들을 하나로 만드는 작업을 하는 게 맞는 거죠? 브로드웨이 한복판에서…… 노숙자로 분장하고."

"이렇게 하지 않으면 바로 사람들이 몰려들 테니까. 그러면 작업할 수가 없잖아."

한지혁이 어깨를 으쓱거리며 말했다.

벤자민은 고개를 흔들었다.

그렇다고 그가 지금 이 상황을 싫어하는 것은 아니었다.

오히려 벤자민의 목소리에는 즐거움이 담겨 있었다.

도대체 한지혁이 지금 여기서 자신과 노숙자 분장을 하고 어떻게 음악 작업을 하려는 건지 의아했고, 또 너무 궁금했지만…….

동시에 이 상황 자체가 너무 즐거운 것이다.

자신이 좋아하는 뮤지션과 함께, 이 말도 안 되는 일을 한다는 것이 평범한 십 대 소년에게는 꽤나 귀한 경험이 될 테니.

한지혁은 슬쩍 벤자민의 어깨를 쳤다.

"너무 웃지는 말고. 사람들이 이상하게 볼 거야."

"이상한 게 사실이긴 해요."

벤자민이 가볍게 말했고.

한지혁은 피식 웃으며 그 말도 맞다는 듯 고개를 끄덕여 주었다.

말이 안 되는 상황인 것은 한지혁도 잘 알고 있었다.

하지만 그가 정말 원하는 작업을 하기 위해서는 이렇게 하는 게 최선인 것도 사실이었기에.

그는 망설임 없이 노숙자 분장을 하고 길 한복판에 앉아 사람들을 구경했다.

정확히는 '소리를 구경했다.'고 하는 게 더 맞는 표현이리라.

"들리지? 뉴욕의 소리."

"잘 들리죠."

벤자민이 고개를 끄덕거린다.

바로 그 현장에 나와 있는데 소리를 못 들을 수가 없다.

특히 벤자민이면 더더욱.

그는 한지혁도 인정한 음악적 재능을 가진 아이였으니.

한지혁을 가장 잘 이해할 수 있는 사람 중 한 명이 바로 벤자민이었다.

아리엘라만큼은 아니겠지만, 최근 계속해서 붙어 다니며 함께 음악 작업을 하고 그의 멘토링을 받은 벤자민이었으니까.

같은 맥락으로 벤자민을 가장 잘 이해하는 것도 바로 한지혁이었다.

땡그랑.

앞에 놓아 둔 모자 안으로 동전 두어 개가 떨어졌다.

벤자민이 놀라 고개를 들어 올렸다.

설마 정말로 동전을 받을 거라고는 상상도 못한 일인데.

한지혁은 끝까지 고개를 들지 않았다.

그가 고개를 드는 순간 사람들이 몰려들 확률이 생기는 거니까.

한지혁은 방해받고 싶지 않았다.

일단 이 현장감을 느끼고, 소리를 더 들어 보고 싶었다.

그는 조용히 눈을 감은 채 여러 소리들을 느꼈다.

여러 진동이 울렸다.

저 멀리서 누군가 버스킹을 하는 소리가 들려왔고, 사람들의 웅성거림, 걷는 소리, 자동차 소리······.

수많은 소리가 어울리며 '도시의 소리'를 만들어 냈다.

'재미있네, 이거.'

한지혁이 그렇게 생각을 하는데, 옆에서 벤자민이 입을 열었다.

"재미있네요."

그 말에 한지혁이 고개를 돌려 벤자민을 바라보았다.

"뭐가?"

"도시가 이렇게 여러 소리를 낸다는 게요. 같은 뉴욕인데 어제 갔던 곳들과는 또 다른 소리를 만들어 내잖아요."

벤자민이 말했다.

한지혁은 그 말에 슬쩍 입꼬리를 올릴 수밖에 없었다.

똑같은 생각을 하고 있었으니까.

역시 벤자민의 재능은, 한지혁의 그것을 뛰어넘는 것일까.

그는 한지혁의 의도를 정확히 파악하지도 못한 상태에서, 한지혁이 무엇을 느끼고 있는지를 알아냈다.

"재미있지. 다 같은 소리들로 이루어져 있는데도, 그 음들이 만들어 내는 화음은 서로 다르잖아."

오케스트라와 같다.

바이올린이, 비올라가, 때때로는 관악기가 강세를 조절하며 완벽한 곡을 만들어 내듯, 도시는 조그만 걸어도 다른 소리를 내고 있었다.

소리의 요소들은 전부 같다.

사람들의 소리, 자동차 경적, 가게 문이 열렸다 닫히며 나는 딸랑거리는 종소리, 지하철이 지나가는 소리…….

수많은 소리들이 부딪치며 공명한다.

같은 뉴욕이라도 어디에 있는지에 따라 어떤 소리가 크게 들리는지가 달라졌다.

그 말인즉, 도시가 만들어 내는 음악이 완전히 달라진다는 뜻이기도 했다.

'이런 식으로 같은 소리들의 조합을 가지고 전체적인 분위기를 만들면…….'

극이 아주 재미있어질 것 같았다.

도시의 소리를 따라, 〈바람의 왕국2〉에서는 바람의 왕국이라는 곳에서 날 사운드와 브로드웨이의 사운드를 모아 관객들에게 재미있는 경험을 안겨다 주고 싶다.

영화가 아닌 뮤지컬이기에 경험할 수 있는 것을 한번 보여 주고 싶었다.

그들은 한참 동안이나 자리에 앉아 도시의 소리를 들었다.

어느 소리가 가장 잘 어울리는지, 또 어떤 소리들은 서로 맞지 않아 불편함을 만들어 내는지, 둘은 차분히 토론하기도 했다.

그런 것들을 이야기하던 그들은 결국 식사 때가 되어서야 자리에서 일어났다.

두 음악인의 얼굴에는 만족이 가득했다.

한지혁은 그날 저녁 열심히 작업을 해 나갔다.

하지만 그는 곧바로 막히는 것을 느꼈다.

'그냥 도시의 소리를 흉내 내는 건 지금 당장도 가능한데…….'

그가 원하는 건 그 정도 수준이 아니다.

흉내 내는 수준에서 그칠 거였으면 애초에 시도할 생각조차 하지 않았을 터였다.

한지혁은 손가락을 톡톡 두드리며 고민에 잠겼다.

그런 그의 눈앞으로 음악의 신들이 보낸 메시지들이 떠올랐다.

　-'음악의 신동'이 당신에게 뭘 고민하느냐며 호통칩니다. 그는 당장 가서 음악을 만들자고 주장하고 있습니다.
　-'또 하나의 여왕'은 언제나 즉흥적으로 떠오르는 영감은 시도해 볼 가치가 있다고 말합니다.
　-'팝의 황제'는 완성도 있는 음악을 만들기 위해서는 언제나 고민하고, 수많은 시도와 실패가 있는 게 당연하다고 이야기합니다. 그는 당신에게 조급해지지 않아도 된다고 조언합니다.

음악의 신들이 언제나 그랬듯, 그들의 조언은 갈렸다.

'음악의 신동'과 '또 하나의 여왕'은 당장 가서 시도해 보자고 이야기했지만.

반대로 '팝의 황제'는 완성도 있는 음악을 만드는 과정에는 고민과 실패가 있는 게 당연하니 조급해하지 말고 천천히 진행해도 괜찮다고 이야기했다.

이건 사실 음악의 신들이 가지고 있는 각자의 스타일에 따라 다른 것이었다.

팝의 황제는 대중들에게 자신의 음악을 내놓기 전에 정말 완벽했으면 하는 마음을 항상 가지고 있었으니.

그렇다고 '음악의 신동'과 '또 하나의 여왕'이 완성도를 중요시 여기지 않았다는 말은 당연히 아니었다.

단순히 음악적 성향, 혹은 음악 작업에 대한 성향을 이야기한 것뿐이다.

'음악의 신동'은 영감이 떠오르는 즉시 시도해 보지 않으면 바로 뒤따라오는 영감에 밀려 잊을 수밖에 없는, '저주'라고도 부를 수 있는 재능을 가지고 있었고.

'또 하나의 여왕'은 즉흥적인 아이디어들을 서로 부딪치며 음악을 만들어 내는 밴드의 중심이라 부를 수 있는 인물이었으니, 일단 시도부터 해 보자고 주장하는 것도 무리는 아니었다.

한지혁은 잠시 고민을 더 하다가 결국 스마트폰을 들어 올렸다.

시도를 하지 않고 고민을 하다보면 시간만 갈 뿐이다.

-'팝의 황제'는 시도하는 것은 좋은 일이라며, 그저 완벽한 음악을 만드는 것을 포기하지는 말라고 이야기합니다.

한지혁은 그 메시지를 읽고 픽 웃었다.

완벽한 음악을 만드는 것을 포기한다고?

자신이?

그럴 리는 없다.

그렇게 생각하는데, 상대가 전화를 받았다.

-네, 한. 무슨 일이세요?

"늦은 시간에 연락 드려서 죄송합니다. 페인힐."

-아니에요. 한의 전화라면 언제든 환영입니다. 하하!

페인힐이 웃으며 말했다.

기다렸다는 듯 전화를 받는 걸 보면 진심일 수도 있겠지만, 한지혁은 약간의 미안함을 느꼈다.

늦은 저녁이었다.

일반 직장인들이었다면 퇴근했을 시간.

최대한 빨리 이야기를 마무리해야겠다는 생각을 하며 한지혁이 입을 열었다.

"제가 시도해 보고 싶은 게 있는데……. 혹시 가능할까 물어보려고요."

-한이 원한다면, 뭐든 시도는 해 볼 수 있겠죠. 어떤 건가요?

"조금 어려울 수도 있는데, 게릴라 콘서트 같은 느낌, 혹은 버스킹 같은 느낌으로 길거리에서 뮤지컬을 선보이는 건 어떤가 싶어서요."

-…….

언제나 한지혁의 말에 바로바로 답해 주던 페인힐이었지만, 이번에는 쉽게 무어라 답하지 못했다.

그는 잠시 고민을 하는 듯 입을 꾹 다물고 있었다.

한지혁은 조용히 그의 답을 기다렸다.

-음악 작업에 도움이 되는 일이라 시도하고 싶다고 하셨을 테니, 거절할 수는 없네요.

"하하…… 죄송합니다."

한지혁이 멋쩍게 웃으며 사과했다.

말이 게릴라 콘서트지, 여러 허가를 받고 준비를 하려면 정말 많은 일들을 처리해야 할 거다.

-간단한 수준이라면 충분히 가능할 것 같가는 합니다. 한번 준비해 보죠.

페인힐이 답했다.

그의 답을 들은 한지혁은 작게 숨을 토해 냈다.

간단한 수준이라도 좋다.

진짜 도시의 소리와 겹쳐지는 뮤지컬이 궁금했다.

그걸 확실히 파악하고 나서야 제대로 된 작업을 할 수 있을 것 같았으니까.

"감사합니다, 페인힐."

-아뇨. 모두 〈바람의 왕국2〉를 위한 일인데요. 이렇게까지 고민하고 노력해 주시니 제가 더 감사하죠.

이래서 다즐링이 좋다.

작품을 위해서 시간과 돈을 아끼지 않으니까.

한지혁은 페인힐의 말에 부드럽게 미소를 지었다.

역시 다즐링이라고 해야 할까.

준비는 빠르고도 순조롭게 진행되었다.

모든 것은 한지혁이 원하는 대로 착착 준비되어 갔고.

페인힐은 빠르게 움직이며 한지혁에게 일정을 하나하나 보고해 주었다.

한지혁으로서는 마음 편히 작업을 할 수 있어서 다행이었다.

그는 매일같이 뉴욕의 길거리로 나갔다.

오늘은 작은 카페가 그의 작업실이 되었다.

커피를 한 모금 마시며 그는 자신의 앞에 있는 노트북을 만지작거렸다.

옆에 앉아 있던 벤자민이 입을 열었다.

"한, 제가 도울 일은 없을까요?"

"앨범 작업할 거 있지 않아? 그 작업을 하고 있으면 될 것 같아. 이따가 내가 작업 끝나면 같이 한번 들어 봐 주는 정도면 충분해."

한지혁이 말하니 벤자민은 고개를 끄덕거렸다.

그는 어떻게든 한지혁을 도와주고 싶어 했지만, 그렇다고 필요 없는 일을 만들어 도와 달라고 할 수도 없었다.

벤자민도 앨범 준비로 조금 바쁜 입장이었으니까.

오히려 본인의 앨범을 준비하는 것보다 한지혁과 함께 다 즐링의 〈바람의 왕국 2〉 OST를 작업하는 걸 더 즐거워하는 벤자민 같지만…….

'벤자민의 앨범 작업은 벤자민밖에 못 하니까.'

누가 대신해 줄 수 있는 작업이 아니다.

대략적인 일정도 나와 있는데 그걸 무시하고 자신의 일만 돕는 걸 그냥 지켜볼 수는 없었다.

한지혁은 벤자민이 노트를 꺼내 들어 앨범에 대해서 고민 하는 것을 지켜보다가 다시 노트북으로 시선을 움직였다.

"바람의 왕국에서는 어떤 소리가 날까?"

한지혁이 중얼거렸다.

영화 작업을 하는 상황이라면 아마 그는 바람의 왕국에서 날 만한 소리들만 고민하고 끝이었을 터였다.

하지만 그는 이번엔 조금 다르게 작업하기로 마음먹었다.

그 첫번째는 바람의 왕국에서 날 만한 소리와 뉴욕의 도시 에서 나는 소리를 섞는 것이었다.

두 소리를 조화롭게 섞어서 관객에게 이곳이 뉴욕이라는 것을 잊지 않으면서도 바람의 왕국에 온 것 같은 착각을 불 러일으키게 하는 것.

사람들이 새로운 경험을 할 수 있도록 작업해 보고 싶었 다.

한지혁은 바람의 왕국에서 들릴 것 같은 소리들을 만들어

내는 것에 집중했다.

이 부분이 그나마 쉬운 부분이다.

'바람의 왕국'은 한지혁과 이지현이 함께 만들어 낸 왕국이었다.

그중 특히 '소리'는 한지혁의 영역이다.

그곳의 소리를 상상해서 만들어 내는 것을 가장 잘할 수 있는 사람이 바로 한지혁이었다.

그는 바쁘게 손을 움직여 음을 조합하고 이어폰을 통해 소리를 들어 보기를 반복했다.

그렇게 시간이 얼마나 흘렀을까.

소리가 어느 정도 만들어지자 한지혁은 미리 녹음해 두었던 뉴욕의 소리와 자신이 방금 만든 바람의 왕국의 소리를 섞어 나가기 시작했다.

"……쉽지 않네."

소리를 섞는 건 절대 쉬운 일이 아니었다.

뉴욕과 바람의 왕국은 정말 많이 다르다.

성질 자체가 다르기 때문에 뒤섞일 수 없는 소리도 분명 포함되어 있었다.

뉴욕 한가운데에서 자연의 소리를 듣는 게 말이 안 되는 것처럼.

바람의 왕국에서 뉴욕의 소리를 듣는 것도 말이 안 된다.

그러나 그 '말이 안 되는 일'을 해내야 하는 사람이 한지혁이었고.

그는 답답함에 무심코 자신이 쓰고 있던 후드를 벗었다가 아차하고 곧바로 다시 썼다.

다행히 그에게 관심을 보이는 사람은 아무도 없었다.

밖에서 작업을 하는 게 아무래도 현장감도 있고, 자신이 추구하는 작업과 가장 잘 맞을 것 같아 계속 밖으로 나와서 작업하고 있긴 하지만…….

'불편하긴 하지.'

아무래도 사람들이 알아볼 위험이 크긴 했다.

그리고 한번 알아보면, 사실상 그날 작업은 끝났다고 봐도 좋을 정도로 사람이 몰릴 터였다.

일정상 하루라도 작업이 늦춰지면 안 되기 때문에 한지혁도 그렇고 벤자민도 극도로 조심하며 작업해 나갔다.

그렇게 3일이 지났다.

한지혁은 언제나와 같이 밖에서 작업을 끝내고 저녁 늦게 숙소로 들어왔다.

"후……."

바로 샤워를 하고 나오며 숨을 토해 낸 그는, 다시 책상 앞에 앉았다.

작업이 마무리되지 않았다.

바로 이틀 후에 거리 공연을 하기로 한 상황이었기에 그 전까지 작업을 끝내야 했다.

섞을 수 있는 소리들은 대부분 뒤섞어 조화를 만들어 냈다.

하지만 도저히 공존하기 힘든 소리가 몇 개 있었다.

이런 소리까지 함께할 수 있게 만들어야 보다 완벽한 무대가 만들어질 텐데.

쉬운 일이 아니었다.

한지혁은 가만히 화면을 노려보듯 응시했고.

그러던 중 그의 스마트폰이 우웅, 하고 진동했다.

그는 천천히 스마트폰 화면을 확인했다가 바로 자리에서 일어났다.

"네. 아리엘라."

한지혁은 곧바로 전화를 받으며 침대 쪽으로 걸어가 털썩 누웠다.

작업에 집중하고 있을 때에는 전화를 잘 받지 않는 편인데, 아리엘라에게서 온 전화까지 안 받을 수는 없다.

–작업하고 있었어요?

"네. 어떻게 알았어요?"

한지혁이 슬쩍 몸을 옆으로 움직이며 물었고.

전화 너머로 아리엘라의 웃음소리가 들려왔다.

-항상 작업하고 있잖아요.

"아."

아리엘라의 말에 한지혁이 슬쩍 웃었다.

하긴 뉴욕에 와서는 자고 있을 때가 아니면 항상 작업을 하고 있긴 했다.

-그리 신난 목소리가 아닌 걸 보면…… 작업이 잘되지 않나 봐요?

"그게 느껴지나요?"

-당연하죠. 제가 누구 아내라고 생각하는 거예요?

아리엘라의 말에 한지혁은 즐거운 웃음을 흘려야 했다.

다정하게 이야기해 주는 그녀가 정말 좋았다.

한지혁은 볼을 한 번 긁적거리다가 입을 열었다.

"사실…… 작업이 그리 쉽지가 않긴 하네요."

-어떤 부분이 그래요? 말해 봐요. 우리가 작업할 때 항상 그랬듯, 저도 열심히 머리 굴려 볼 테니까.

그녀가 얼른 말해 보라는 듯 말을 꺼낸다.

한지혁은 잠시 고민하다가 결국 그녀에게 차분히 문제를 설명해 나갔다.

"바람의 왕국에서 나는 소리들은 대부분 바람소리, 낙엽 바스러지는 소리, 풀이 흔들리는 소리……. 그런 자연의 소리인데. 뉴욕이라는 곳은 보통 정반대의 소리라서요. 어울리도록 조합하는 게 쉽지는 않네요."

한지혁의 설명을 듣고 아리엘라는 잠시 침묵을 지켰다.

그녀는 생각을 하는 듯하더니, 얼마 있지 않아 입을 열었다.

－우리도 사실 알고 보면 엄청 안 어울리는 커플인데.

"그래요?"

－당연하죠. 국적도 다르고 언어도 다르고…… 살아온 환경도 다르잖아요.

"그렇기는 하죠."

아리엘라의 말이 맞다.

아리엘라와 사실 공통점이 많지는 않았다.

아리엘라는 영국에서 자랐고 한지혁 자신은 한국에서 자랐다.

다른 점을 전부 나열하라고 말한다면 모두 이야기하는 데에 하루 하고 반나절은 더 걸리리라.

하지만 공통점을 이야기해 달라고 물어본다면 그건 대답하기 쉬웠다.

－근데 지금은…… 봐요, 잘 어울리잖아요. 그런 연결점을 찾아보면 어때요?

아리엘라와 한지혁 연결점은 바이올린이었다.

그들은 바이올린으로 친해졌고 바이올린을 통해 서로의 마음을 알아차렸다.

그런 것처럼 서로 어울리지 않는 소리들을 하나의 연결점을 만들어 어울리도록 하면 어떨까.

"……괜찮겠네요. 좋은 아이디어예요."

한지혁은 슬쩍 몸을 일으켰다.

아리엘라가 말해 준 바는 정말 단순했지만 그만큼 확실하기도 한 조언이었다.

연결점을 찾아 이어지도록 한다.

그 연결점이 아무리 찾아도 없으면?

'만들면 되는 거지.'

한지혁이 그렇게 소리를 만드는 사람이니까.

연결점을 만들라면 충분히 만들 수 있다.

물과 기름이 섞이지 않을 때 비누를 쓰는 것처럼.

서로 이어지지 않는 소리들을 이어지도록 하기 위해, 새로운 소리를 만들면 되는 일이었다.

"아리엘라, 고마워요."

-고마우면 얼른 끝내고 와요. 보고 싶으니까.

"하하, 최대한 빨리 끝내고 갈게요."

한지혁은 그렇게 답하며 전화를 마무리했다.

언제나 그렇듯 아리엘라는 이번에도 그에게 도움을 주었다.

그녀의 '보고 싶다'는 말을 들었는데 가만히 있을 수는 없었다.

한지혁은 얼른 다시 컴퓨터 앞에 앉아 작업을 계속했다.

이번에는 그냥 소리를 노려보기만 한 것이 아니라 바쁘게 새로운 소리를 만들어 냈다.

그는 방 한쪽에 있는 바이올린까지 꺼내서 작업해 나갔다.

지이잉.

한지혁의 바이올린이 강렬하게 울리며 방 안을 가득 채웠다.

한지혁은 결국 해답을 찾아냈다.

아리엘라의 도움을 발판으로 이틀 동안 열심히 작업한 결과 그는 해냈다.

"이건…… 엄청나네요."

벤자민은 새로운 음악을 듣고는 감탄을 흘렸다.

어떻게 표현을 해야 할지 모르겠다는 듯, 환상적인 얼굴을 하고 있는 벤자민은 고개를 흔들며 말했다.

옆에 있던 페인힐이 박수를 짝, 하고 쳤다.

"완벽해요. 한이 어떤 느낌을 원하는지 이제야 알 것 같네요. 이걸 베이스로 깔고 무대를 하면 되는 거겠죠?"

"네. 일단 임시로 만들어 둔 거니까 오늘 거리 공연에서는 이걸로 진행하고…… 오늘 녹음한 소리를 가지고 또 새로 작업을 할 겁니다."

한지혁이 고개를 끄덕거리며 답했다.

페인힐은 허허 웃음을 흘렸다.

"제가 듣기에는 이것도 완벽한데, 한이 보기에는 아닌 모양이네요."

"지금 할 수 있는 최선은 맞지만…… 이게 최고의 결과물이라고 말하지는 못하겠네요."

한지혁이 어깨를 으쓱거리며 말했다.

분명 그가 만들어 낸 것은, 한지혁의 최선이었다.

미경험에서 오는 최선.

하지만 한 번 거리 공연을 경험하고, 그도 그것을 지켜본 후에 다시 만든다면.

더 좋은 결과물이 만들어질 것이다.

그게 최고의 결과물이겠지.

지금 한지혁이 만들어 낸 음악은 가지고 있는 요소들을 최대한 사용해서 만들어 낸 최선일 뿐이다.

그리고 언제나 그렇듯 최선은 최고가 되지 못할 때가 많으니.

한지혁은 최고의 결과물을 만들 때까지 작업을 멈추지 않을 것이었다.

"그럼 이걸 가지고 최종 연습을 한 후에 곧바로 거리 공연을 진행할 수 있도록 준비하겠습니다. 오늘 배우님들이 바쁘겠네요. 하하!"

페인힐이 그렇게 웃으며 얼른 걸음을 옮겼고.

한지혁은 기대가 담긴 눈으로 그의 뒷모습을 바라보았다.

과연, 자신의 최선은 이번 거리 공연에서 어떠한 반응을 이끌어 낼까.

"두 개의 소리를 하나의 멜로디로 어우러지도록 하는 건…… 어떻게 하신 거예요?"

벤자민이 옆에서 물어보았다.

한지혁은 고개를 돌려 그를 바라보았다.

아무리 생각해도 이해가 안 된다는 듯 벤자민은 한지혁을 바라보았다.

"소리에 정체성을 불어넣어 준 거지."

"정체성요?"

"예를 들면 이런 거야. 피아노 소리와 바이올린 소리는 사실 그리 잘 어울리는 편이 아니거든."

"……그래요?"

"근데 곡을 합주해 보면…… 그보다 더 잘 어울리는 한 쌍이 없어."

한지혁은 거기까지만 말하고는 미소를 지었다.

벤자민은 고민에 잠긴 얼굴이었다.

아마 그는 곧 답을 찾을 수 있을 터였다.

재능 넘치는 아이였으니.

그렇게 저녁이 되었다.

약속된 거리 공연의 시간이 코앞으로 다가왔다.

윈트리스는 뉴욕의 직장인 중 한 명이었다.

그냥 흔한 직장인.

내세울 점이라면 그냥…… 뉴욕에서 그래도 알아주는 언론사에서 일하고 있다는 점이랄까.

그저 말단일 뿐이지만, 그래도 윈트리스는 자신의 직장에 자부심을 가지고 있었다.

딱히 나쁜 상사도 없고 하루하루가 전쟁터 같지만.

그래도 나름 살 만한 곳이다.

회의 준비를 해야 하는 지금, 지각을 한 상황이 아니었다면 더 살 만한 곳이었을 텐데.

"차 진짜 막히네. 미치겠다."

작게 욕설을 내뱉으며, 윈트리스는 한숨을 내쉬었다.

외부 인터뷰를 나갔다가 복귀하는 길이었다.

오늘 회의가 있어서 자신이 미리 가서 준비를 해야 하는데 이미 늦었다.

최대한 서둘러 가면 회의 준비는 못 했어도 회의 자체에는 늦지 않게 참석할 수는 있는 상황인데…….

아무래도 도로 상황을 보니 회의에도 지각할 수도 있을 것 같았다.

그저 한숨만 나오는 상황.

"저기만, 제발⋯⋯"

윈트리스는 저 멀리 보이는 신호등을 발견하고 엑셀을 밟았다.

아주 악명 높은 신호등이다.

한 번 걸리면 2분 이상 기다려야 하는, 정말 뭣 같은 신호등.

저것만 통과할 수 있기를, 윈트리스는 온 힘을 다해 빌었지만.

신호는 그를 배신했다.

"아⋯⋯"

그가 탄식을 흘렸다.

운명의 장난인 것인지, 딱 자신만 남겨 두고 신호가 빨간불로 바뀌었다.

애써 무시하고 건너갈까 싶었지만 그의 양심이 그것을 허락하지 않았다.

결국 브레이크를 밟고 멈춰선 윈트리스는 얼른 스마트폰을 들어 올렸다.

늦는다고, 죄송하다고 연락을 하려던 그는 갑자기 울려 퍼지기 시작하는 음악에 멈칫거리며 고개를 들어 올렸다.

"저건 또 뭐야⋯⋯?"

뜬금없이, 양옆에서 사람들이 튀어나오기 시작했다.

차들이 다 멈춰선 상태에서 갑자기 그 한가운데 등장한 십수 명의 사람들.

복장도 이상했다.

어린이들이나 입을 만한 드레스를 입고 있는 이도 있었고, 턱시도를 입은 이도 있다.

'단체로 코스튬 플레이라도 하는 거야?'

이 어처구니없는 상황에 윈트리스는 고개를 흔들었다.

안 그래도 바빠 죽겠는데 코스튬 플레이어들이 이렇게 십수 명이나 몰려다니는 모습을 보니 괜히 짜증이 난다.

아니, 정확히는 짜증이 나려 했다.

창문을 내리고 신경질이라도 내려고 했는데.

아까부터 울리던 음악에 맞춰 십수 명의 사람들이 춤을 추기 시작했다.

그리고 그와 동시에 어디선가 노래가 시작되었다.

짙은 감성을 가진 남자 보컬.

익숙한 목소리였다.

윈트리스는 눈을 깜빡거리면서 기억을 더듬었다.

눈앞에서는 웬 코스튬 플레이어들이 음악에 맞춰서 춤을 추고 있고, 거기에 더해 분명 어디선가 들어 본 적 있는 보컬이 흘러나온다.

이 비현실적인 상황을 어떻게 받아들여야 할지, 그는 도저히 알 수가 없었다.

대신 본능적으로 스마트폰을 들어 영상을 촬영하기 시작했다.

기자의 본능?

아니었다.

'이걸 찍어 가면 완벽한 핑계 거리가 하나 생기는 거지.'

적어도 회의 준비를 못 한 것 때문에 혼이 날 것 같진 않았다.

'미친놈들이 도로 한복판에서 춤을 추더라니까요.'라고 말을 하면서 동영상까지 보여 주면 거기서 혼낼 수 있는 사람이 누가 있을까?

이게 진짜라는 사실이 어이가 없어서 웃을 수는 있어도, 혼내지는 못하리라.

지각에 대한 변명이 생겨난 그는, 이제는 호기심으로 가득차 도로를 바라봤다.

갑자기 시작된 길거리 공연은 정말 뜬금없기 그지없었다.

하지만 동시에 꽤 괜찮은 구경거리가 되었다.

뉴욕의 도로를 채운 춤을 추는 사람들의 모습은, 평소였다면 보기 정말 힘들었으리라.

공연에 참가한 사람들은 십수 명 정도였는데 각자 확실하게 역할이 정해져 있었다.

통일된 복장을 입고 요란히 춤을 추고 있는 이들, 그리고 왕관을 쓴 여왕이 그들을 뒤에 두고 노래를 부른다.

매우 호소력이 짙은 목소리.

그리고 그 목소리를 받쳐 주듯 한 남자의 목소리가 도로를 가득 채웠다.

왕비는 요란히 춤을 추는 이들 사이에서 홀로 쓸쓸함을 드러냈다.

분명 화려한 분위기였지만 바로 옆에 자신의 신하들과 백성들, 그리고 그녀의 동생도 함께하고 있었음에도 불구하고…… 그녀는 외로워 보였다.

화려함 속에 있는 외로움을, 윈트리스는 기자였기에 어느 정도 알고 있다.

하지만 그런 감정을 이렇게까지 잘 묘사한다는 것이 놀라웠다.

여성 보컬과 함께 노래를 부르는 남성 보컬은 그런 그녀의 마음을 이해한다는 듯이 호흡을 맞춰 노래해 나갔고, 윈트리스는 갑작스럽게 펼쳐진 광경에 조금 놀라워하면서도 고개를 갸웃거렸다.

'어디서 들어 본 목소리인데…….'

그가 그렇게 생각을 하며 촬영해 나가고 있을 무렵.

거리를 지나는 사람들도 도로를 가득 채운 음악에 정신을 빼앗겼는지 발걸음을 멈추었다.

곡은 차가웠지만 동시에 부드러웠다.

외로움을 화려함으로 뒤덮듯, 차갑고 딱딱한 느낌을 부드 럽고 따스한 음률로 덮어 나가며 곡이 진행되었다.

보컬도 보컬이지만, 음악의 완성도가 정말 높았다.

윈트리스는 절대 아마추어의 실력이 아닐 것이라 짐작했 다.

처음에는 그저 지각에 대한 변명이 되겠다는 생각이었는 데, 지금은 기자로서의 호기심이 무럭무럭 피어났다.

누굴까? 누군데 이런 이벤트를 기획하고, 이렇게 완벽한 곡을 만들어 냈을까?

그가 속으로 호기심을 품고 있는데.

"어? 이거, 미스터 한 아니야?"

"아무리 들어도 미스터 한의 목소리잖아!"

옆에 정차된 차에서 소란스럽게 떠드는 목소리가 들려왔 다.

그리고 그 말을 듣는 순간, 윈트리스의 눈이 커졌다.

"……!"

그래, 분명 어디선가 들어 본 목소리라고 생각했었다.

미스터 한.

지금 흘러나오는 여왕의 노래를 보조해 주는 이 보컬은 분 명 한이었다.

감미로운 목소리, 오직 자신의 노래로 세상을 울린 사람.

한지혁이라는 사실을 깨닫게 된 순간.

그는 자신의 앞에서 노래를 부르며 춤을 추고 있는 이 장면이 무엇인지 알아볼 수 있게 되었다.

바람의 왕국.

어떻게 이걸 바로 알아보지 못했을까?

이런 노래는, 이런 음악은 바람의 왕국에서만 나올 수 있는 음악이었다.

"근데, 이거 무슨 곡이야? 미스터 한이 이런 곡도 냈었나?"

옆에서 목소리가 계속 들려왔다.

윈트리스는 저도 모르게 고개를 끄덕이면서 공감했다.

그 또한 처음 들어 보는 노래였으니까.

바람의 왕국에서 나온 노래라면 알 수 있었을 텐데…….

"어?"

그리고 그는, 불현듯 떠오른 생각에 멈칫거렸다.

그는 고개를 돌려 주위를 살폈다.

그리고 도로 옆에 세워진 천막 앞에서 마이크를 든 채 노래를 부르고 있는 한지혁을 발견했다.

윈트리스는 자신의 생각을 한 번 의심했다.

하지만 지금 이 상황이 말해 주는 것은 의심할 여지가 없었다.

'바람의 왕국 2부!'

그 사실을 깨달은 순간 윈트리스는 온몸에 소름이 돋는 것을 느꼈다.

그와 동시에.

빠아앙!

아름다운 음악을 망가뜨리는 날카로운 소리가 들려왔다.

신호가 바뀌자 참을성이 없는 사람들이 경적을 울려 댔다.

윈트리스는 꿀꺽 침을 삼켰다.

신호가 바뀌자마자 배우들이 빠지고, 윈트리스도 엑셀을 밟았다.

그는 차를 출발시키면서도 시선을 옆에 두었다.

한지혁이 맞았다.

그리고 그 옆으로 이번에 방송한 예능, 〈Show yourself〉의 우승자인 벤자민이 함께하는 게 보였다.

배우들이 한지혁과 대화를 나누며 좋아하고 있었다.

아리엘라는 보이지 않았다.

회사로 향하는 윈트리스의 심장이 마구 요동쳤다.

그는 방금 보고 들은 공연을 머릿속으로 계속해서 되새김 질 했다.

분명 한지혁은…… 도시의 소음조차 음악으로 바꾸며 공 연을 펼쳤다.

'미쳤어! 이건 미쳤다고!'

대박이라는 말로도 부족했다.

한지혁은 여전히 한지혁이었고.

그가 만든 음악은 여전히 대단했다.

길거리 뮤지컬은 말 그대로 엄청났다.

지금까지 길거리에서 불렀던 모든 경험 중에서 오늘만큼 특별한 적은 없었다.

색다른 경험, 그리고 값진 경험.

한지혁이 이번 무대를 보이기 전 가장 고민했던 건 바로 소리였다.

뉴욕의 소리와 바람의 왕국의 소리를 어떻게 하면 합칠 수 있을지.

뉴욕과 바람의 왕국은 너무 상반되는 성질을 가지고 있었기에 두 소리를 합치는 게 무척이나 힘들었다.

하지만 그는 포기하지 않았다.

그 결과가 지금 그의 앞에 펼쳐졌다.

거리를 가득 채운 소리는 한지혁의 마음에 들었다.

그가 원하던 소리이자 그에게 강한 영감을 주는 소리였다.

사람들이 환호하는 소리가 들려왔다.

한! 한! 한!

한지혁을 알아본 사람들의 그의 이름을 외치며 열광했다.

즐거웠다.

할 수 있을지 몇 번이고 속으로 생각해 보았던 공연을 결국 성공시킨 게 무척이나 기뻤다.

고개를 돌려 주위를 둘러봤다.

공연하기 위해 몇 번이고 도로로 나갔던 배우들이 지친 모습을 보였다.

그들은 땀을 흘리고 있었지만 환하게 웃고 있었다.

그들을 바라보는 한지혁의 입가에도 미소가 맴돌았다.

"한, 수고했어요."

벤자민이 다가와 말했다.

"한이 그때 무슨 말을 한 건지 조금은 알 것 같아요. 절대 어울릴 수 없을 것 같았던 소리가 합쳐지는 건 상당히 아름답네요."

영감을 얻은 듯한 벤자민의 모습에 한지혁은 웃음을 보였다.

벤자민은 알고 있을까?

한지혁이 노래를 만드는데 참고했던 부분이 바로 그였다는 걸.

"뮤지컬을 할 때가 기대되네요."

"그러게."

한지혁이 고개를 끄덕였다.

그도 앞으로의 일이 무척이나 기대가 되었다.

이 곡을 만들기 전까지 한지혁도 이게 가능한 일인지 알 수 없었다.

하지만 가능했다.

결국 공존할 수 없는 두 소리를 합치는 데 성공했다.

그리고 성공을 할 수 있었던 건 아리엘라의 조언 덕분이었다.

그녀의 조언에 그녀와 자신에 대해 생각하지 않았다면 완성하지 못했을 수도 있겠지.

도시와 바람의 왕국의 연결점을 찾아냈다.

소리로 만들어 냈다.

전부 아리엘라 덕분이었다.

생각이 아리엘라로 귀결되자 한지혁은 그녀가 보고 싶어졌다.

"수고하셨어요."

"한, 진짜 최고였어요."

"어떻게 이런 음악을 만들 수 있는 건지……. 한, 역시 당신은 대답합니다."

배우들이 다가와 말을 걸어왔다.

한지혁은 그들에게 웃어 보였다.

"수고 많으셨어요. 좋은 무대였습니다."

진심이었다.

그들의 무대가 음악을 더욱더 풍성하게 만들어 줬다.

길거리에서 하는 공연이었기에 부족한 게 많았지만.

그렇기에 오히려 음악적으로 도움이 되었다.

'아리엘라가 이 모습을 같이 보지 못했다는 게 아쉽네.'

아리엘라는 몸을 생각해야 했기에 멀리까지 움직일 수가 없었다.

함께하고 싶긴 했지만 그렇다고 그녀를 런던에서 뉴욕까지 부를 수는 없었다.

장시간 이동은 그녀에게도, 뱃속에 있는 아기에도 좋지 못할 테니까.

"전화 좀 하고 올게요."

"그래요, 한."

사람들에게 양해를 구한 뒤 한지혁은 걸음을 옮겨, 그들과 조금 떨어진 곳에서 곧바로 전화를 걸었다.

"아리엘라, 뭐 하고 있어요?"

―지금 뜨개질하고 있었어요. 공연 끝났어요?

"네, 방금 끝났어요."

아리엘라의 목소리를 들으며 한지혁은 미소를 지었다.

―좋았나 봐요.

"네, 아리엘라가 같이 있지 않다는 게 너무 아쉬웠네요."

아리엘라의 웃음소리가 들려왔다.

여전히 맑은 웃음소리다.

"아리엘라의 도움이 컸어요. 그때 해 줬던 조언이 아니었다면 완성하지 못했을 거예요."

-도움이 되었다니 다행이네요.

그녀와 통화를 이어 나가며, 한지혁은 부드럽게 웃음을 보였다.

길거리 공연은 성공했으니 이제 남은 건 본편이다.

한지혁은 슬쩍 시선을 움직였다.

그의 눈이 벤자민을 좇았다.

이제야 확신이 들었다.

그는 완벽한 뮤지컬을 만들어 낼 수 있다.

바람의 왕국 2부 예고?

길거리에서 열린 환상적인 공연.

도시를 열광시킨 한지혁, 다음 무대는 어디?

한지혁의 투어, 다시 한번 열릴 것인가.

뉴욕에서 볼 수 있었던 바람의 왕국. 이번 콘셉트는?

세상이 들썩거렸다.

뉴욕의 길거리에서 아무런 예고도 없이 뮤지컬이 열렸다는 것 자체가 충격이었으니까.

심지어 그 뮤지컬이 바람의 왕국이고 한지혁이 보컬로 참여하기까지 했다.

한지혁의 무대를 한 번이라도 보고 싶었던 사람들은 그 자리에 없었다는 것에 아쉬움을 보였다.

그리고 그들은, 자연스럽게 혹시 자신들의 도시에서도 그런 길거리 뮤지컬을 해 주지 않을까 하는 기대감을 가졌다.

뉴욕에서도 했었으니, 한 번 더 하지 않으리라는 보장은 없지 않은가.

하지만 한지혁 쪽에서는 아무런 대답이 없었고.

시간이 지날수록 사람들의 반응은 더욱 달아올랐다.

한지혁 보고 왔다.

농담이 아니라 진짜로 길거리에서 봤음.

여친 만나러 택시 타고 가고 있었는데 신호등에 걸렸단 말이야.

처음에는 그냥 스마트폰 하고 있었는데, 갑자기 막 도로에 사람들이 몰려나오더니 춤을 추더라?

기사님도 당황하면서 좋아하고, 나도 놀라서 본능적으로 동영상부터 찍었음 ㅋㅋ

진짜 상상도 못 했는데 갑자기 길거리에서 뮤지컬이 열리니까 어이도 없고, 여친한테는 어디냐고 문자 오고 있고, 난리도 아니었다.

뮤지컬 보고 있다고 답장해서 헤어질 뻔했는데, 다행히 영상 찍어 둔 거 있어서 위기는 넘겼음.

여친 재우고 혼자 영상 또 보면서 글 쓰는데, 지금도 소름이 돋네.

한은 진짜 음악의 신이 맞는 듯.

−안경이예뻐 : 한지혁이 음악의 신인 걸 이제 알았어?

−두더지 : 와, 부러워 죽겠네. 진짜 뉴욕으로 이사 가야 하나?

−만석꾼 : 진짜 대단하기는 하네. 런던에서 예능 찍은 지 얼마나 됐다고. 뉴욕에서 공연하고 있냐.

−TLY : 이 정도면 한은 진짜 몸이 여러 개 있는 거 아니야? 런던에서 방송에서 꼬맹이 데리고 우승한 게 바로 얼마 전인데 이제는 갑자기 뉴욕 길거리에서 뮤지컬하면서 등장하냐 ㅋㅋㅋ

−오프숄더 : 그래서 여친이 있으시겠다?

길거리 공연을 보지 못해 아쉽다며 사람들이 안타까워했고, 그 시간 뉴욕에 있던 사람들을 부러워했다.

한지혁을 보고 싶지만, 보지 못한 사람이 얼마나 많던가.

그는 다른 아티스트들 보다 콘서트를 여는 빈도수 자체가 적었다.

그뿐인가.

인기도 인기인지라 돈이 있어도 티케팅에 실패해 보러 가지 못하는 사람도 많았다.

가끔 이런 식으로 길거리에서 보이는 한지혁의 모습에 대중은 더욱 열광할 수밖에 없었다.

그런 존재는 오로지 한지혁이 유일했기에.

한지혁 조금 너무한 거 아니냐?

아무리 외국에서 활동하고 있다고 해도 그렇지.

모국이 한국인데, 어떻게 된 게 한국에서는 저런 거 한 번 안
해 줘.

런던에서도 그렇고 뉴욕에서도 길거리 공연을 가끔 한다고
하는데.

한국에서는 안 하잖아.

그래도 한국의 자랑이라고 불리고 있는데. 이번에는 조금 실
망스럽네.

─감자 : 한지혁이 한국인이라는 거에 감사해야지. 배가 불렀네.

─포도 : 그냥 감사히 음악 들으세요 ㅋㅋㅋ 한국인이 외국 나가
서 인기 얻고 있으면 가슴이 막 벅차오르는 게 당연한 거 아님? 뭘
실망스러워.

─치렁치렁 : 네가 뭔데 실망하냐? 올림픽도 외국 나가서 한다고
실망할 놈이네, 이거.

─자지마라 : 한지혁이 어련히 알아서 잘하겠지 뭘 실망이야.

─고양이 : 그만큼 보고 싶으시다는 거겠지.

한국에서도 반응이 나왔다.

그의 노래를 직접 보고 들은 사람들의 등장에 커뮤니티는 더욱 뜨거워지고, 반대로 한국에서는 가끔 그에게 실망스럽다 이야기하는 이들도 생겼다.

그 모든 것들이 전부 한지혁에 대한 관심에서 비롯된 것을 알기에, JK 엔터테인먼트 또한 부지런히 움직였다.

그리고 그런 상황 속에서.

아리엘라는 런던에 있는 집 거실 소파에 앉아 스마트폰으로 전화를 하고 있었다.

한지혁에게서 걸려 온 전화에 그녀는 슬쩍 미소를 지었다.

공연으로 인해 바쁠 텐데도 자신을 신경 써 주고 있다는 게 느껴졌으니까.

"수고했어요, 한."

-고마워요, 아리엘라. 정리하고 바로 갈게요. 그때까지 몸조심하고 있어야 해요.

"네, 한도 몸조심해요."

한지혁과 전화를 끝내고 아리엘라는 눈을 살짝 감았다가 떴다.

시간이 지날수록 무거워진 몸과 자신도 놀랄 정도로 바뀌는 입맛은 그녀가 집 밖으로 나서기 힘들게 만들었다.

그렇기에 한지혁이 거리 공연을 할 때에도 그의 옆에 있지 못했다.

무척이나 아쉬웠다.

아리엘라는 음악으로 한평생 살아온 사람이다.

그리고 그건 앞으로도 마찬가지일 터였다.

음악은 여전히 아리엘라에게 굉장히 큰 영향력을 가지고 있었으니까.

최근 아무것도 하지 않으니, 조금 의욕이 떨어진 건 사실이었다.

그래서 그럴까, 한지혁이 음악을 열심히 하는 걸 보며 오묘한 기분이 들었다.

자신은 현재 멈춰 있는 상태인데, 그는 계속해서 달려가고 있으니까.

그녀는 한참 동안 거실에 가만히 앉아 있었다.

그저 조용히 음악을 들으며 말이다.

다즐링 측에서 마련해 준 연습실이 음악으로 가득 찼다.

십여 명도 넘게 받아들일 수 있을 정도로 큰 공간에서 사람들이 춤을 추고 있었다.

길거리 뮤지컬을 했을 때처럼 화려한 복장을 갖춰 입지 않았고 일상복을 입고 있었지만.

그들은 그 어느 때보다 열심히 연습에 임했다.

배우들이 뿜어내는 열기는 에어컨 바람으로도 식힐 수 없을 정도로 뜨거웠다.

여왕 역을 맡은 뮤지컬 배우가 노래를 불렀고 한지혁은 그 모습을 지켜보고 있었다.

호소력이 짙은 그녀의 목소리에 따라 배우들이 춤을 선보였다.

한지혁은 그 모습을 바라보며 미소를 지었다.

다들 생각 이상으로 잘해 주고 있었으니까.

"잠시 쉬었다 가시죠."

노래가 끝나고 한지혁은 그들에게 다가가 말했다.

땀으로 몸이 흠뻑 젖은 배우들이 제자리에 주저앉으며 숨을 가다듬었다.

그들을 살펴보던 한지혁은 몸을 돌려 벤자민이 있는 곳으로 향했다.

노트에 무언가를 열심히 끄적거리고 있던 벤자민은 자신의 옆에 한지혁이 앉자 고개를 돌렸다.

"수고하셨어요."

한지혁이 고개를 끄덕이며 슬쩍 벤자민의 노트를 바라봤다.

줄이 그어져 있는 노트 위로 음표들이 그려져 있었다.

그 시선을 느낀 것인지 벤자민이 멋쩍게 웃으며 변명하듯 입을 열었다.

"아, 조금 생각나는 게 있어서요."

"그래? 나중에 나한테도 보여 줘."

"물론이죠. 한이 제 걸 봐주면 무척이나 기쁠 거예요."

벤자민이 웃으며 고개를 끄덕였고 한지혁은 마주 웃었다.

배우들이 쉬고 있는 모습이 보였다.

그 모습을 바라보던 한지혁은 방금 했던 연습을 생각했다.

좋은 느낌이었고 배우들도 열심히 해 주었다.

하지만 그는 아직 부족하다고 생각했다.

완벽에 가깝지만 아직 완벽하지는 않은 느낌.

한지혁은 무대가 완벽해지기 위해서는 '그'가 필요하다는 걸 알고 있었다.

"벤자민."

"네, 한. 말씀하세요."

벤자민의 맑고 순수한 눈빛이 한지혁을 올려다보았다.

한지혁은 그 눈빛을 마주하며 입을 열었다.

"다음 연습 때, 네가 연주를 해 볼래?"

"제가요?"

"응."

한지혁이 고개를 끄덕이니 벤자민이 잠시 생각에 잠겼다.

고민은 길지 않고 그는 바로 대답했다.

"그럴게요."

"고마워."

한지혁이 미소를 지으니 벤자민이 고개를 저었다.

한지혁이라면 아무런 이유도 없이 자신에게 이런 요청을 하지 않을 거란 사실을 그는 잘 알고 있었다.

"연습 시작할게요."

관계자가 말하자 한지혁은 자리에서 일어나 그에게 다가갔다.

"이번에 연습 방식을 조금 바꾸고 싶은데, 괜찮을까요?"

"오, 한. 물론이죠. 말만 하세요."

한지혁은 그에게 벤자민의 연주가 함께할 거라는 걸 알렸다.

관계자는 의외라는 듯 벤자민을 한 번 보았다가 이내 고개를 끄덕였다.

벤자민이 바이올린을 들어 무대 옆에 섰다.

그의 앞으로 악보가 거치되었고 길게 숨을 내쉬는 벤자민의 모습을 한지혁은 가만히 지켜봤다.

심호흡을 하며 활을 든 벤자민이 악보를 바라보았다.

"후우……"

뮤지컬 배우들과 관계자의 시선이 그에게 집중되었다.

그 속에서 벤자민이 슬쩍 고개를 돌려 한지혁을 바라보았다.

잠시 눈을 마주친 후, 다시 고개를 돌린 벤자민은 눈을 감았다.

벤자민은 한지혁이 자신에게 어떠한 연주를 바라는 것인지 짧게 고민했다.

그가 '바람의 왕국, 두 번째 이야기'를 제작할 때 옆에 있었고, 앨범을 제작할 때에도 항상 곁에 있었다.

긴 시간은 아니지만, 한지혁과 함께한 순간 동안 그의 음악을 바로 옆에서 듣고 느꼈다.

한지혁이 만든 음악, 자신의 스승이 되어 준 은인의 음악이었기에 매일 같이 들으며 최선을 다해 배웠다.

그의 음악을 들을 때마다 벤자민은 성장했다.

짧은 고민 끝에 벤자민은 그저 솔직하게 자신의 음악을 드러내기로 결론을 내렸다.

악보는 보지 않아도 된다.

바람의 왕국 두 번째 이야기의 음악은 이미 그의 머릿속에 들어 있었으니까.

지이잉.

바이올린을 켜는 소리에 한지혁은 벤자민의 연주를 눈과 귀에 담았다.

지잉. 지이잉.

한지혁은 주먹을 꾹 쥐었다.

연주가 이어질수록 바람이 느껴지는 것만 같았다.

바람의 왕국 속 주인공의 마음을 벤자민이 대변하고 있었다.

굉장히 차갑고, 그렇기에 안타까운 마음을 들게 하는 연주.

연주는 계속 이어졌고 한지혁은 그 연주 속에서 벤자민이라는 아이를 보았다.

바람의 왕국 주인공이 아닌, 벤자민이란 아이가 자신의 마음을 드러내고 있었다.

음악가는 연주로 자신의 마음을 표현한다.

지금 벤자민이 바로 그렇게 하고 있었다.

사람들과 함께 있지만 외로움과 이질감을 느끼는 바람의 왕국의 여왕. 그리고 아버지를 잃은 어린아이.

두 인물은 다른 인생을 살고 있지만, 품고 있는 마음만큼은 일치했다.

벤자민은 자신이 어떤 사람인지, 어떠했는지 연주로 말했다.

그의 연주는 모두에게 들렸지만.

지금 이 자리에서 그의 연주를 알아듣고 있는 것은 한지혁이 유일했다.

지이잉.

벤자민의 연주가 바뀌었다.

쓸쓸했던 음악이 산뜻해졌고 조금 더 부드러워졌다.

한지혁을 만나기 전, 새장 속에만 갇혀 있던 자신은 무척이나 외로웠다고 말하던 그가.

지금은 한지혁을 만나 음악을 하며 외로움을 털어 낼 수 있었다고, 행복하다고 말한다.

　더 이상 외롭고 나약하기만 한 아이가 아니라고.

　연주를 통해 말하고 있는 그를 보며 한지혁은 눈을 감았다.

　열심히 연기를 하며 연습을 하는 배우들 사이로, 한지혁의 목소리가 조금씩 파고들었다.

　벤자민의 연주에 대답하듯 그는 노래를 불렀다.

　연습실은 둘만의 공간이 되었고 두 사람은 듣기 좋은 음악을 만들어 냈다.

　연주는 점점 하이라이트로 치달았고 배우들의 연기도 격해져 갔다.

　그런 상황 속에서 한지혁은 눈을 떠 벤자민을 바라봤다.

　웃고 있는 그의 모습이 보였다.

　즐거워 보였고 행복해 보였다.

　땀을 흘리는 그의 모습은 무척이나 상쾌하다 느껴졌다.

　벤자민의 연주는 완벽에 가까웠다.

　아니, 그의 연주는 완벽했다.

　한지혁이 아쉬움을 느꼈던 부분들을 벤자민이 해소시켜 줬다.

　그는 벤자민의 연주에서 아쉬움을 느끼지도 않았고 만족스러움을 넘어 벅차오르는 감정을 느꼈다.

천재.

벤자민은 천재였다.

이미 알고 있었던 사실이지만, 그의 연주를 통해 한지혁은 다시 한번 깨닫게 되었다.

영원할 것 같았던 시간은 결국 끝을 보였다.

벤자민이 마지막 보잉을 끝냈고 한지혁은 노래를 끝냈다.

바이올린에서 떨어진 활이 천천히 내려가며 벤자민이 고개를 들었다.

그의 시선이 한지혁에게 닿았다.

한지혁은 그와 시선을 마주했고.

미소를 지었다.

'역시 이게 정답이었어.'

벤자민.

그가 한지혁의 정답이 되어 주었다.

세바스찬의 작업실.

악보가 이리저리 놓여 있는 공간 속, 세바스찬은 책상 앞에 앉아 영상을 하나 보고 있었다.

영상에서는 화려한 옷을 입은 사람들이 도로 위로 나와 춤을 추고 있었고 그들의 춤에 맞춰 음악이 도로를 가득 채우고 있었다.

차가 지나가는 소리, 경적을 울리는 소리, 사람들이 움직이면서 나는 소리까지.

도시의 소음과 그와 함께 울려 퍼지는 한 줄기의 음악이 스피커를 통해 작업실을 가득 채워 나갔다.

세바스찬이 모니터 쪽으로 몸을 기울인 채 영상에 집중할 무렵.

스피커에서 나오는 소리에 파묻히기 시작할 때 끼이익, 하는 문이 열리는 소리가 그의 정신을 일깨웠다.

고개를 돌려 문 쪽을 바라보니, 활짝 열린 문을 통해 드미트리가 황급히 안으로 들어오는 게 보였다.

"세바스찬!"

작업실 안으로 들어온 드미트리의 얼굴은 붉게 물들어 있었다.

이곳까지 쉬지 않고 뛰어오기라도 한 건지 드미트리의 숨이 살짝 거칠어져 있었다.

"한이 또 일을 벌였네! 내가……!"

세바스찬을 찾아 고개를 돌린 그는, 자신을 바라보는 세바스찬의 시선에 멈칫거렸다.

세바스찬이 그를 바라보고 있었고 그 뒤로 환하게 켜진 모니터 화면에서는 영상이 하나 재생되고 있었다.

사람들이 웅성거리는 소리에 한 남자의 아름다운 목소리

가 합쳐져 하나의 음악이 되고 있다.

세바스찬이 영상을 보고 있는 것을 확인한 드미트리는 자신이 괜히 뛰어왔다는 사실을 깨달았다.

"……먼저 보고 있었군."

그는 세바스찬에게 소식을 알리기 위해 다른 일 다 제쳐 두고 달려왔는데.

그가 보여 주기 위해 가져왔던 영상을 세바스찬은 이미 보고 있었다.

하긴, 자신이 발견했는데 세바스찬이 발견하지 못했을 리가 없다.

조금은 허탈하게 웃은 드미트리는 천천히 걸음을 옮겨 세바스찬의 옆으로 다가갔다.

세바스찬이 앉은 자리 앞에 놓인 화면에서 가지각색의 옷을 입은 사람들이 춤을 추고 있었다.

무대는 2분 남짓한 시간 동안 이어졌다.

공연장이 아닌 길거리에서 열린 공연.

조명이 비추지도 않았고 빈약하기 짝이 없는 환경 속에서 보이는 무대.

도시에서 자체적으로 나는 소리에 음악이 묻히는 듯한 느낌이었다.

"같이 보겠나."

"당연한 것을 묻는군. 옆으로 좀 비켜 보게."

세바스찬이 의자를 하나 내주고 그 자리에 드미트리가 앉
았다.

세바스찬이 영상을 처음부터 재생시키려 할 때, 드미트리
가 그 손을 막았다.

"내가 가져온 영상이 있네. 좀 더 화질이 좋고 소리도 생
생하니까 그걸로 보지."

드미트리의 말에 세바스찬은 슬쩍 그를 보았다가 고개를
끄덕였다.

결국 자신이 가져온 영상을 재생시킨 드미트리는 편안한
자세로 앉아 모니터를 바라보았다.

뉴욕 도로의 익숙한 풍경이 모습을 드러냈다.

횡단보도 옆으로 천막이 있었고.

천막 안과 밖에 다양한 종류의 옷을 입은 사람들이 모여
있는 모습이 카메라에 담겼다.

"훨씬 낫군."

세바스찬은 만족스러운 얼굴로 중얼거렸다.

드미트리의 말대로 아까 세바스찬 자신이 봤던 영상보다
나은 것 같았다.

전에 그가 봤던 영상은 멀리서 찍었는지, 화질이 무척 흐
릿했고 주변에서 들리는 소리에 그들의 무대가 묻혔다.

드미트리가 가져온 영상은 무대를 바로 앞에서 찍은 것이
었다.

선명한 화질과 좋은 소리에 세바스찬은 크게 만족하며 영상을 볼 수 있었다.

빨간불로 인해 정차한 차 앞으로 사람들이 달려 나와 횡단보도 위를 꽉 채웠다.

빠르게 갖춰지는 무대.

그리고 새하얀 드레스를 입고 왕관을 쓴 여왕이 모형 말을 타고 횡단보도 중앙에 섰다.

―나는 알아야겠어.

여왕이 노래를 불렀다.

그에 맞춰 주변에 설치된 스피커에서 음악이 흘러나왔다.

세바스찬과 드미트리는 도로를 가득 채운 소리에 감탄하지 않을 수가 없었다.

자동차가 항상 지나다니는 도로였고, 도시였기에 당연히 나는 소음들이 가장 크게 들릴 수밖에 없는 장소인 거다.

그 위에서 노래를 부르기 시작하는데, 그게 이상하지가 않다.

소음들이 왠지 모르게…… 묘하게 음악의 일부분이 되는 듯한 느낌.

평소였다면 거들떠보지도 않을 소리였고 그렇기에 더욱 강한 충격을 안겨 주었다.

일상 중에 들을 수 있는 소리가, 이 영상에서만큼 소음이 아니었다.

일상에서 나는 소음이 음악과 어우러졌고 그 소리는 또 다른 음악이 되어 듣는 이의 마음을 설레게 만들었다.

그것만으로도 가슴이 마구 두근거리는데.

잔잔하게 도시에 울려 퍼지는 한 남자의 목소리에 그들은 전율을 느껴야 했다.

여왕의 목소리에 맞춰 들려온 남자의 목소리는 무척이나 아름다웠다.

모든 소리를 뒷받침해 주는 동시에 그들이 가야 할 길을 알려 주었다.

그리고 세바스찬과 드미트리는 동시에 헛웃음을 흘렸다.

지금 흘러나오는 음악이 도시의 소음까지 감싸 안으며 소음까지 하나의 완성된 음악이 될 수 있었던 이유가 바로 저기에 있었던 것이다.

한지혁.

그가 여왕이 부르는 노래와 또 도시의 소음들과 호흡을 맞춰서 완벽한 곡을 만들어 내고 있었다.

2분도 되지 않는 무척이나 짧은 시간 동안 이어진 무대.

영원할 것만 같았고 영원하기를 바랐던 무대는.

빠아앙!

신호가 바뀌고 차들의 경적으로 인해 한순간에 사라져 버렸다.

영상이 끝이 나는 것을 보며 세바스찬은 눈을 감았고 드미트리는 탄식을 내뱉었다.

"한, 그가 또 일을 냈군."

"그러게 말이야. 다시 한번 세상이 들썩이겠어."

두 사람은 탄식과 탄성을 내뱉었다.

세바스찬이나 드미트리는 도시의 소음이 음악과 어우러질 수 있을 거라고 생각하지 못했다.

절대 어울리지 못할 것 같았던 두 소리가 하나로 만들어지는 모습은 그들의 편협했던 시선을 일깨우는 느낌이었다.

악기와 사람의 목소리만으로 음악이 만들어질 수 있다고 생각했던 자신이 지금 이 순간 부끄러워졌다.

항상 배워 왔고, 심지어 학생들에게 가르치기까지 했다.

모든 것들이 음악이라고.

하지만 그 말을 실천했던 경우는 없었는데…… 바로 눈앞에 그걸 실천한 사람이 나타나 버렸다.

한지혁은 길거리 공연을 통해 '모든 것이 음악이다'라는 말의 정확한 의미를 모두에게 알려 주었다.

한지혁이기에 가능한 일이었고 한지혁이란 사람을 다시 한 번 느끼게 만드는 공연이었다.

"언제나 느끼는 거지만 한과 같은 시대에 살아간다는 건 무척이나 감사한 일이야."

"한은 시대가 인정한 천재니까."

"그렇지. 그는 천재지. 도저히 안 되겠군. 영감이 막 떠올라 미치겠어."

"나도 그렇네. 잠시 펜 좀 빌릴 수 있을까?"

"물론이지."

펜을 요구하는 드미트리의 말에, 세바스찬은 기다렸다는 듯 펜을 하나 내밀었다.

영감들이 떠오른다.

이제는 늙어서 힘들다는 핑계로 외면하던 열정이 다시 한 번 불타오르는 것 같은 느낌이었다.

한지혁은 그런 존재였다.

음악가들에게 영감을 주는 존재.

가히 '뮤즈'라고 칭해도 그 누구도 부정할 수 없는 존재.

여전히 한지혁은 음악계에 지대한 영향을 끼치고 있는 중이었다.

바람의 왕국 두 번째 이야기의 뮤지컬 준비는 순조롭게 이어졌다.

한지혁의 프로듀싱 속에서 뮤지컬은 빠르게 완성되어 갔다.

뮤지컬 배우들의 보컬이 녹음되었고 벤자민의 연주가 추가되었다.

한지혁이 생각했던 음악.

벤자민의 바이올린은 바람의 왕국 두 번째 이야기와 무척이나 잘 어울렸다.

누구보다 여왕의 마음을 이해했고 그렇기에 그녀의 마음을 잘 표현할 수 있는 연주자.

한지혁은 벤자민의 연주를, 뮤지컬을 디렉팅했다.

"벤자민, 그 부분에서는 살짝 부드럽게 가는 게 좋을 것 같아."

"이렇게 말인가요?"

"딱 좋아."

벤자민의 연주를 녹음하는 이 순간에 그의 가르침은 계속되었다.

한지혁은 매우 훌륭한 스승이었다.

그리고 벤자민은 매우 훌륭한 제자였다.

한지혁이 조언하면 벤자민은 바로 알아들었고 바로 연주로 보였다.

그렇게 뮤지컬이 완성되었다.

"수고하셨어요, 한. 덕분에 정말 아름다운 무대가 될 것 같네요."

"모두가 수고 많았죠. 좋은 무대를 보여 주시길 바랄게요."

작업의 완성물을 보며 감탄하는 관계자의 말에 한지혁은 미소를 보였다.

모두가 최선을 다해 주었기 때문에 뮤지컬을 완성할 수 있었다.

벤자민으로서 완벽해진 음악.

한지혁은 만족했고 그는 이제 더 이상 자신이 이곳에서 할 일이 없어졌다는 걸 깨달았다.

꽤 오랜 시간을 뮤지컬을 작업하기 위해 뉴욕에 있었다.

'아리엘라가 보고 싶다.'

그는 자신이 너무 오래 아리엘라의 옆을 비우고 있다고 생각했고 더 오래 시간을 끌고 싶지 않았다.

그녀의 옆을 지키러 가야 한다.

예매한 비행기 표의 시간이 다가와 벤자민과 함께 이동하려 할 때였다.

"한!"

"페인힐."

페인힐이 그를 찾아와 말을 걸었다.

뮤지컬의 음악을 제작하는 동안 다즐링의 책임자인 페인힐이 그의 편의를 봐주었다.

숙소를 제공했고 필요한 모든 걸 준비해 줬기 한지혁은 편하게 작업할 수 있었다.

"이제 가는 겁니까?"

"네, 너무 오래 옆을 비웠거든요."

한지혁이 말하는 이가 아리엘라인 것을 깨달은 페인힐은 웃으며 고개를 끄덕였다.

"고생 많았습니다. 완성본을 들었는데, 역시 한이더군요. 기대 이상의 음악이었습니다."

"감사합니다. 여기 벤자민의 도움이 컸어요."

"그렇군요. 벤자민, 고맙습니다."

페인힐의 말에 벤자민이 어색하게 웃었다.

그를 바라보며 부드럽게 미소를 짓던 페인힐이 한지혁에게로 시선을 돌렸다.

"한, 이제 돌아가면 어떻게 하실 건가요."

"당분간은 쉬면서 앨범을 준비하려고 합니다. 이제 제 일을 해야죠."

"그렇군요. 한의 앨범, 무척이나 기대가 되네요."

페인힐의 말에 한지혁이 풀썩 웃어보였다.

"한, 부탁을 하나 해도 될까요."

"네, 말씀하세요."

"뮤지컬의 날짜가 잡히고 한과 아리엘라를 초대하고 싶습니다. 가능하다면 두 분이 뮤지컬을 보러 와 주었으면 하네요."

"확답은 못 드릴 것 같은데……. 아리엘라가 좋아하겠네요. 아리엘라의 몸이 괜찮으면 가능한 오도록 노력할게요."

"고맙습니다, 한. 날짜가 잡히는 대로 티켓을 두 장을 보내도록 하죠."

"네, 감사합니다."

"그럼 조심히 돌아가세요. 정말 고생 많았습니다."

페인힐의 말에 한지혁이 고개를 끄덕였다.

그녀의 건강만 허락한다면, 뮤지컬을 보러 오는 것을 아리엘라는 굉장히 좋아할 것이다.

한지혁은 페인힐과 악수를 하는 것으로 인사를 마치고, 벤자민 쪽으로 고개를 돌렸다.

"그럼 벤자민, 갈까?"

"네."

벤자민과 함께 한지혁은 비행기를 타러 걸음을 옮겼다.

뮤지컬에서의 일정은 모두 끝났고 그는 이 자리에 남아 있을 이유가 없다.

이제는 아리엘라에게 돌아갈 시간이다.

chapter. 2

런던으로 향하는 비행기 안.

승무원이 가져다준 담요를 덮은 채 음악을 듣고 있던 한지혁은 슬쩍 자신의 옆에 앉은 벤자민을 바라보았다.

벤자민은 헤드셋을 목에 걸친 채 노트에 악상을 끄적이고 있었는데, 이번 뮤지컬 작업이 많은 영감을 준 건지 제법 많은 양이 노트에 적혀 있었다.

귀에서 이어폰을 빼니 벤자민이 사각사각하며 끄적거리는 소리가 들려왔다.

얼마나 깊게 집중한 건지, 옆에서 그가 움직이는 기척에도 벤자민은 고개 한 번 돌리지 않았다.

철저히 악상을 적는데 집중하는 벤자민의 모습에서 한지

혁은 자신의 모습을 엿볼 수 있었다.

어느 순간 불현듯 찾아온 영감을 적고 음악으로 만드는 자신의 모습이 벤자민에게서 보이고 있었다.

왜인지 모르겠지만, 벤자민이 음악을 작업하는 모습은 그에게 묘한 느낌을 주었다.

예술을 하는 사람이 제자를 두는 이유를 지금 이 순간 조금은 알 거 같은 느낌이었다.

자신도 이러한데, 벤자민은 더하면 더했지 덜하지는 않을 거라고 생각이 든다.

벤자민은 음악의 신들조차 인정한 천재였고 음악의 신이 될 수도 있다는 말을 들었던 인재다.

그런 벤자민이 제자를 들이고, 정말 성숙하게 되어 음악을 만들면…… 과연 그 음악은 얼마나 아름다울까.

"벤자민."

노트를 바라보던 한지혁이 말을 걸자 벤자민은 고개를 들어 올렸다.

한지혁은 자신을 바라보는 벤자민의 눈빛 속에 담긴 기이한 열기를 느꼈다.

음악에 미쳐 있는 눈빛, 자신이 받은 영감을 그대로 음악에 녹이고자 하는 열망.

오직 음악 하나만을 생각하는 벤자민의 모습을 보며 한지혁은 그가 자신을 닮았다고 생각했다.

자신 또한 벤자민과 같은 열망을 가졌고 그 열망은 지금도 마찬가지로 가지고 있었다.

아니, 전보다 더 커진 상태였다.

같은 음악가이기에 느낄 수 있는 감정.

"이번에 어땠어?"

그 눈빛과 열망을 온전히 받아들이며 한지혁이 물었고, 그의 물음에 벤자민은 노트 위로 펜을 내려놓았다.

"좋았어요. 길거리 공연도 뮤지컬 제작도."

"얻은 게 있었던 거 같아?"

"네! 이번 경험을 통해서 느끼는 게 많았거든요. 특히 길거리 뮤지컬을 할 때, 도시에서 나는 소음을 음악으로 바꿀 수 있다는 게 놀라웠어요. 저였다면 생각하지 못했을 방법이니까요. 왜 계속 뉴욕 길거리의 소리를 들으려 노력했는지 알 것 같더라고요."

벤자민의 말에 한지혁은 부드럽게 미소를 지었다.

그가 벤자민을 데리고 다니는 이유 중 하나가 바로 다양한 시선으로 음악을 접할 수 있게 하기 위해서였다.

음악이란 건 정체되면 안 되고 한 가지에 머물러 있어서는 안 된다.

고인 물은 썩듯, 음악도 고이면 썩기 마련이다.

그가 음악을 하기 전 클래식이 어떠했는지를 생각한다면 그 점은 어렵지 않게 알 수 있었다.

권위적이고 편협한 시선에 갇혀 한정된 음악만을 하게 된다.

그 사실을 알고 있기에 벤자민에게 다양한 경험을 시켜 주고자 했다.

더 많은 것을 보고 다양한 경험을 하면 그만큼 음악의 폭도 넓어지게 되고, 다양한 음악을 할 수 있게 된다.

"이번에 얻은 게 많아서 앨범 준비가 너무 잘될 거 같아요."

"다행이네."

"그래서 그런데…… 한, 앨범을 준비하다가 도움이 필요하면 연락을 해도 될까요?"

벤자민이 조심스럽게 물어온다.

그의 물음에 한지혁은 고민 없이 대답했다.

"언제든지."

대답을 하면서 그는 벤자민의 노트에 적힌 악상들을 보았다.

분명 벤자민의 앨범 작업을 도울 때 한지혁이 얻는 부분도 있을 터였다.

그의 앨범이 완성되는 날이 기대가 되었다.

비행기 안에서 작업을 이어나가던 벤자민과 한지혁은, 슬슬 작업 하던 것을 정리했다.

드디어, 런던에 도착했다.

"지혁아!"

자신의 이름을 부르는 소리에 한지혁이 몸을 돌렸다.

그는 저 멀리 손을 흔들고 있는 백경태를 발견하고는 미소지었다.

한지혁이 들고 온 짐을 가져가며 백경태가 입을 연다.

"이번에도 일 거하게 쳤더라. 예상하기는 했지만, 넌 진짜 어떻게 된 게 항상 예상을 벗어난 행동을 하냐."

"뭘 새삼스럽게."

"새삼스럽지가 않아서 그렇지."

백경태의 말에 한지혁이 피식 웃음을 흘렸다.

예전부터 이랬으니까.

한지혁은 누구도 예상하지 못한 순간에 일을 벌였고 백경태는 그가 벌인 일을 수습하기 위해 발에 땀이 나게 움직여야했다.

백경태가 퉁명스럽게 말을 하고는 있지만, 그게 진심으로 불만을 가지고 하는 말이 아니란 걸 알고 있기에 한지혁도 웃으며 말했다.

"네가 종종 길거리 공연을 할 때가 있기는 했지만. 이번에는 규모가 상당히 크더라고."

"다즐링에서 도와줬거든. 꽤 괜찮은 경험이었어. 근데 한

번 더 할 것 같진 않아."

한지혁도 예전에 몇 번 길거리 공연을 했던 적이 있었다.

갑작스럽게 영감이 떠올라 연주해 본 적도 있고 아리엘라와 함께 가면을 쓰고 길거리로 나가 연주하기도 했다.

그들이 연주한 모습을 찍은 영상에 세상이 떠들썩해지지 않았던가.

하지만 그때에도 지금처럼 규모가 크지는 않았다.

뮤지컬 배우들을 데리고 공연을 한 이번 경험은 그에게도 많은 영감을 주었다.

특히 벤자민이 이번 일정을 통해서 얻은 게 많아 보였다.

비행기를 타고 1시간도 넘게 벤자민과 음악에 대해 얘기를 했고 앨범과 관련해서 상의하지 않았던가.

그때 이야기를 나누고 벤자민에게서 대략적으로나마 앨범에 대해 들은 한지혁은 벤자민이 만들어 낼 앨범을 기대할 수밖에 없었다.

"흠."

"그래서 뭐가 묻고 싶은 건데."

고민이 많아 보이는 백경태의 모습에 한지혁이 웃으며 말했다.

백경태와 오랫동안 일해서인지 서로에 대해 많이 알게 되는 게 당연했고, 간단한 변화로도 상대방이 어떤 상황인지 눈치챌 수 있다.

백경태는 고민이 많아 보이는 얼굴을 하고 있었다.

묻고 싶은 게 있는 모습.

"별건 아니고 그냥 내가 알아야 할 게 더 있나 싶어서. 미리 알려 주면 좋을 테니까."

백경태의 물음에 그는 반사적으로 벤자민을 떠올렸다.

그가 만들어 낼 앨범.

"나, 앨범 준비하는 거 있잖아."

"어."

"그런데 내 앨범보다 벤자민의 앨범이 먼저 나올 거 같아."

한지혁이 자신의 이름으로 준비중인 앨범은 아직 손 볼 게 굉장히 많은 상황이었다.

완성까지 시간이 걸리겠지.

어쩔 수 없는 일이다.

지금까지 한지혁은 바람의 왕국 두 번째 이야기 뮤지컬에 집중하느라 시선이 분산되었고.

벤자민의 앨범을 도와주기도 했어야 해서 정작 한지혁 본인의 앨범에 온전히 집중하기 힘든 환경이었으니까.

하지만 벤자민은 벌써 어느 정도 진척이 되었으니 적어도 한지혁의 앨범보다는 빠르게 나올 거다.

한지혁은 벤자민의 앨범이 세상에 공개되었을 때, 대중의 반응을 어느 정도 짐작할 수 있었다.

모두가 천재의 등장에 환호하고 그의 음악에 열광하겠지.

한지혁 자신이 지난 생에서 음악을 했을 때보다 훨씬 더 많은 관심을 받게 될 것이 분명했다.

벤자민의 앨범은 타이밍상으로도 꽤 괜찮을 거다.

음악프로그램의 우승자라는 것에서 오는 인기가 조금 시들해질 때쯤 앨범이 나올 테니까.

"느낌 좀 괜찮아?"

"대단할 거야, 생각 이상으로."

마지막 말을 끝으로 한지혁은 백경태가 끌고 온 차에 올라탔다.

"하…… 제대로 준비를 하고 있어야겠네."

백경태가 그렇게 중얼거리며 운전석에 올랐다.

한지혁이 직접 생각 이상으로 대단할 거라며 말했다.

그의 말은 지금까지 틀린 적이 없었다.

그가 직접 대단하다고 말했으니, 실제로도 세상이 들썩거릴 만한 곡이 나온다는 거겠지.

백경태는 작게 중얼거리며 스마트폰을 만지작거리고는.

이내 작게 한숨을 내쉰 뒤, 차를 출발시켰다.

띠리릭.

전자음이 들려오면서 문이 열리고 집 안으로 들어가는 한지혁의 표정이 묘했다.

일주일 정도 뮤지컬 작업을 위해서 뉴욕에 가 있어야 했다.

아리엘라를 일주일 가까이 보지 못했기 때문에, 얼른 그녀를 보고 싶었다.

한지혁은 집으로 들어가 바로 그녀를 찾아 걸음을 옮겼다.

아리엘라는 침실에 있었다.

곤히 자고 있는 아리엘라를 보며 한지혁은 최대한 소리를 적게 내며 그녀에게 다가갔다.

쪽.

조심스럽게 이마에 입을 맞추니 아리엘라가 '으음' 하고 소리를 내며 몸을 뒤척거렸다.

아리엘라의 모습에 한지혁은 부드럽게 미소를 지었다.

침실에서 나온 그는 집 안을 한 번 둘러보았다.

한 달 이상 나가 있었던 것도 아닌데, 왠지 모르게 어색함이 느껴졌다.

서재에 가서 작업을 하고 있어야 하나 고민을 하고 있을 때, 침실의 문이 열리더니 아리엘라가 밖으로 나오는 게 보였다.

"왔어요?"

"네, 아리엘라."

한지혁이 부드럽게 웃으며 말하니 아리엘라가 다가와 그

의 품에 안겨 왔다.

그는 팔을 뻗어 아리엘라를 안았다.

"보고 싶었어요, 한."

"저도 많이 보고 싶었어요."

한지혁이 손을 들어 그녀의 머리를 쓰다듬었다.

그들은 한참을 그렇게 있다가 누가 먼저랄 거 없이 소파로 가서 앉았다.

"영상 봤어요."

"영상요?"

"네, 한이 길거리에서 공연을 하는 거요. 지금 전부 그 이야기만 하잖아요."

자신의 어깨에 기댄 그녀의 말에 한지혁은 작게 웃어 보였다.

"괜찮았나요?"

"재미있었어요. 도시에서 나는 소리가 음악과 어우러지는 게 상당히 좋더라고요. 그때 한이 고민하던 거였잖아요."

"네, 아리엘라 덕분에 무사히 마칠 수 있었죠. 고마워요. 아리엘라가 없었다면 지금까지도 고민하고 있었을지 몰라요."

그렇게 말을 하는 한지혁은 진심이었다.

아리엘라는 한지혁 자신이 도시의 소리와 바람의 왕국의 소리를 어떻게 어우러지도록 할까 고민을 하고 있을 때 도움을 주었다.

그녀는 한지혁과 아리엘라 본인을 가지고 예를 들며 상반된 두 성질에도 연결점이 있다는 걸 말해주었었다.

그녀의 도움이 없었다면 분명 시간이 더 걸렸을 터였다.

아리엘라는 그의 진심을 느꼈는지 기분 좋은 웃음을 흘렸다.

"저도 그 자리에 있었으면 좋았을 텐데……. 많이 즐거워 보였거든요."

그녀의 말에 한지혁은 쓰게 웃었다.

아무래도 런던과 뉴욕의 거리는 멀었고 여건상 장거리 이동은 힘들어 그 혼자 움직였다.

그녀와 함께 갔다면 더 좋았겠지.

"아, 뮤지컬 준비는 잘하고 왔나요?"

"네, 잘하고 왔어요. 안 그래도 뮤지컬 날짜가 잡히는 대로 티켓을 보내 주기로 했는데. 그때 같이 보러 가요."

"좋아요."

아리엘라는 당연히 함께 갈 거라며 고개를 끄덕였고 한지혁은 부드러운 미소를 보였다.

"기대해도 좋아요."

그래, 기대를 해도 좋다.

이번에는 벤자민이란 천재와 함께했으니까.

그만큼 좋은 음악이 만들어졌다.

정말로 많이 기대 해도 될 정도로 말이다.

한지혁 자신도 바람의 왕국의 뮤지컬이 공개되었을 때 과연 대중이 어떻게 반응을 해 줄지 궁금할 정도였으니까.

부스럭.

아직 해조차 제대로 뜨지 않은 시각.

한지혁은 몸을 뒤척이다 몸을 일으켰다.

잠을 그리 오래 잔 것 같지 않은데 6시쯤 되면 알아서 눈이 떠졌다.

피곤한 느낌은 없었다.

다시 잘 수 있을 것 같지도 않았기에, 그는 작업이라도 하자는 생각을 하며 슬쩍 고개를 돌렸다.

그는 자신의 바로 옆에 누워 있는 아리엘라에게 손을 뻗어 그녀의 머리를 정리해 주었다.

한지혁은 여전히 자고 있는 아리엘라를 바라보며 미소를 슬쩍 지었다.

그는 정말 조심스럽게 그녀의 배에 입을 맞췄다.

아이가 건강하게 자라기를 바라면서.

그녀가 깨지 않게 조용히 침대에서 내려온 한지혁은 서재로 향했다.

아리엘라가 청소를 했는지 서재는 깔끔하게 정리되어 있

었다.

한지혁은 자리에 앉아 앨범 제작을 이어 나갔다.

밤늦게까지 작업을 하면 아리엘라가 항상 잔소리를 하고는 했는데, 그래도 일찍 일어나서 작업 하는 것에 있어서는 크게 뭐라고 하진 않는다.

덕분에 그는 부담 없이 일을 해 나갈 수 있었다.

'얼른 해야지.'

길거리 뮤지컬을 통해서 한지혁은 많은 영감을 얻었다.

섞일 수 없는 상반되는 두 가지 성질도 결국 연결점이 있고 하나로 합쳐져 조화를 이룰 수 있다는 것.

단순히 그것만을 깨달은 게 아니었다.

그 속에서 한지혁은 다양한 것들을 다시 한번 생각하게 되었고 많은 것들을 느꼈다.

벤자민과의 대화를 통해서. 그리고 그의 연주를 보는 것으로 얻은 영감 또한 많았다.

한지혁이라는 이름으로 내는 마지막 앨범.

아이를 얻고 느꼈던 벅찬 감정과 아이의 태명인 '기쁨'이 주제가 된 곡.

한지혁이 생각하는 앨범의 다음 곡은 희생에 대한 곡이었다.

아이가 태어나면 한지혁의 일상은 평소와는 많이 달라질 테고…… 알게 모르게 희생을 해야 하는 부분들이 생길 테니까.

당장 아리엘라만 해도 잠시 음악을 쉬고 있었다.

가족이 생겼다는 건, 혼자서 살 때처럼 마음대로 행동을 할 수 없다는 뜻이기도 하다.

자신이 좋아하던 것을 잠시 멈춰야 할 때가 있고 포기해야 할 때도 있다.

가족을 위해 내려놓는 희생.

하지만 그건 결코 나쁜 의미의 희생이 아니었다.

그 희생은 자신들이 더욱 행복해지기 위해서 내린 결정이다.

단순히 아리엘라와 한지혁.

둘로 이루어진 가족이 아닌, '기쁨'이라는 아이가 탄생하면서 얻게 되는 세 명의 가족이 느낄 수 있는 더 큰 행복을 위한 희생.

한지혁은 자신이 희생하는 것이 지극히 당연한 일이라고 생각하고 있었다.

다만 조금 미안한 부분은, 자신보다 아리엘라가 희생해야 하는 부분이 더 많다는 것이다.

하지만 어쨌든 그들은 선택했고, 그 결과에 행복을 느끼고 있었다.

한지혁은 자리에서 일어나 바이올린을 들었다.

머릿속에 가득한 악상이 그를 가만히 있을 수 없게 만들었다.

서재는 인테리어부터 방음에 크게 신경을 썼고 침실까지 거리가 있기에 그녀가 깰 걱정을 하지 않아도 되었다.

　지이잉.

　그는 천천히 바이올린을 켰다.

　부드럽게 울려 퍼지는 소리.

　한지혁은 작업을 계속 이어 갔다.

　영감이 떠오를 때면 바로 바이올린을 연주했고 연주를 통해 얻은 악상을 곡으로 녹여 냈다.

　희생의 의미를 담은 곡이 어느 정도 완성되어 갈 무렵 서재의 문이 열렸다.

　한지혁은 바로 뒤에서 들려오는 소리도 듣지 못한 채 작업에 온 정신을 쏟아 냈다.

　목을 감싸는 부드러운 손길에 한지혁은 작업을 하던 걸 멈췄다.

　"일어났어요?"

　그의 말에 아리엘라가 고개를 끄덕이며 몸을 기대 오는 게 느껴졌다.

　한지혁은 눈을 굴려 시간을 확인했고 작업을 한 지 4시간이 넘게 지났다는 걸 확인했다.

　"조금 더 자도 되는데."

　"아니에요. 잠 다 깨서."

　아리엘라는 고개를 젓고는 한지혁의 옆에 자리를 잡고 앉았다.

"이게 이번에 작업하고 있는 곡이에요?"

"네. 아, 한번 들어 볼래요?"

한지혁의 물음에 아리엘라가 고개를 끄덕였고, 그는 미소를 지은 채 자신이 작업한 음악을 그녀에게 들려줬다.

4시간이 넘게 그가 영감에 빠져 만들었던 음악이 그녀의 귀를 간질였다.

희생과 관련된 곡.

아직 미완성된 곡이었지만, 그것만으로도 충분히 좋은 음악이었다.

이런 음악이 완성된다면 얼마나 더 좋아질까.

그런 기대감을 느끼며 아리엘라는 눈을 감고 음악에 집중했다.

한지혁은 자신이 만든 음악을 들으며 그녀의 반응을 살폈다.

이번 앨범에서 가장 중요한 것 중 하나가 바로 아리엘라의 의견이었으니까.

그렇게 음악이 끝나고 아리엘라가 길게 숨을 내셨다.

"좋네요."

"그런가요?"

"네, 마치 아이를 가진 부모의 입장을 말해 주는 것만 같아요. 아이의 아버지로서, 아이의 어머니로서 느끼는 감정을요."

역시 아리엘라였다.

아리엘라의 말에 한지혁이 잔잔하게 웃으며 고개를 끄덕였다.

그녀는 바로 한지혁이 만들어 낸 음악의 본질을 느낀 것이다.

아리엘라는 그렇게 느낀 것을 그에게 말해 주었다.

"희생이란 이름을 붙이려고 해요."

"〈희생〉요?"

"네."

한지혁이 고개를 끄덕였고 아리엘라는 잠시 생각에 잠겼다.

그것도 잠시 그녀가 부드럽게 미소를 지으며 말했다.

"〈희생〉이란 제목, 딱 맞는 거 같아요."

"네."

"결국 이 희생이란 것도 우리가 선택한 거잖아요. 희생으로 인해 우리도 행복해졌으니까요."

그녀의 말에 한지혁이 고개를 끄덕였다.

행복을 위해 선택을 했고 그로 인해 찾아온 희생.

한지혁도 그렇지만, 아리엘라 또한 그 사실에 있어서 어떤 불만도 없으며 당연하게 받아들이고 있었다.

아리엘라의 손을 꽉 잡으며 한지혁이 웃음을 지었다.

한지혁과 아리엘라는 외출을 위해 옷을 갈아입었다.

아침을 먹기 위해 음식을 하기에는 귀찮기도 했고 오랜만에 산책을 해 보자는 생각에 브런치를 먹기로 했다.

아리엘라는 그저 편한 옷을 찾아 입었다.

굳이 예뻐 보일 필요도 없고, 꾸밀 필요가 없었으니까.

어차피 집 앞을 산책하는 것뿐이다.

이 이상 꾸밀 필요도, 이유도 없었다.

한지혁도 비슷했다.

그저 평범한 옷을 입고 나갔지만, 두 사람의 얼굴에는 불만이 없었고 행복한 미소가 떠올라 있었다.

집 근처에 있는 브런치 가게에서 가볍게 배를 채운 후.

"우리 좀 걸을까요? 오랜만에 같이 걷고 싶네요."

"좋아요."

아리엘라의 말에 한지혁이 곧바로 답했다.

최근 아리엘라는 집 밖을 나오는 횟수가 줄어들었다.

몸이 무거워지기 시작하니 움직이기도 힘들어했고, 그러다 보니 자연스럽게 집안에서만 활동하게 되었던 것.

그녀가 직접 움직이지 않아도 필요한 것들은 쉽게 조달할 수가 있었지만 갑갑한 건 갑갑한 거다.

한지혁과 아리엘라는 느긋하게 런던의 길을 걸었다.

언제나 런던의 거리를 걷다 보면 거리에서 피아노나 바이올린을 켜는 사람들이 보인다.

그들을 바라보며 한지혁은 추억에 잠겼다.

'가면을 쓰고 연주할 때는 재미있었지.'

가면을 쓴 바이올리니스트들로 길거리에 연주를 할 때가 생각이 났다.

다른 거 생각할 거 없이 거리에서 둘만의 연주를 보였고 서로의 마음을 확인했다.

생각해 보니 아리엘라를 처음 만나던 것도 거리 연주를 봤을 때였던 것 같다.

그때는 자신들의 관계에 대해서 아무런 생각도 하지 못했다.

그저 그 순간이 즐거웠고 자신의 마음을 깨닫는 데까지 시간이 걸렸다.

추억에 잠겨 거리의 연주자를 보던 한지혁은 고개를 돌려 아리엘라를 바라봤다.

그녀는 멍하니 연주자를 바라보고 있었다.

추억에 젖은 듯, 연주자의 움직임 하나하나를 살펴보는 그녀의 모습에 한지혁은 안타까운 마음이 들었다.

'아리엘라도 나처럼 음악을 하고 싶을 텐데.'

아리엘라는 한지혁과 마찬가지로 평생을 음악과 함께 살아갈 사람이었다.

음악을 좋아했고 그녀의 인생이 곧 음악이었다.

그렇기에 한지혁과 아리엘라가 만날 수 있었던 것이기도 했다.

서로가 음악에 미쳐 살았고 음악을 좋아했으니까.

아리엘라는 세상에 나서는 것을 두려워하면서도, 음악에 대한 원함을 가지고 있어서 용기를 냈다.

한지혁의 바이올린을 보고 밖으로 나왔다.

그런 그녀였는데…… 지금 아리엘라는 음악을 하지 못하고 있는 상황.

몸을 챙겨야 했기에 기력을 쏟아 내는 것을 할 수 없었기 때문도 있었고…….

아리엘라 자신이 애써 참고 있는 것이기도 했다.

음악이 아닌 다른 것들도 이것저것 해보며 심심함을 달래고, 아이가 태어났을 때를 준비 하고 있다.

그것도 물론 즐거워하는 것 같긴 하지만, 그녀가 음악이 아닌 다른 것을 한다는 건 분명…… 희생이었다.

한지혁은 그녀를 바라보다 조심스럽게 말을 걸었다.

"아리엘라."

그녀가 고개를 들어 한지혁을 돌아봤다.

"음악, 하고 싶지 않아요?"

"하고 싶죠."

아리엘라는 부정하지 않았고 그에 한지혁이 그녀를 더욱

안타깝게 바라보았다.

그의 시선에 아리엘라는 한지혁이 무슨 생각을 하는지 읽었고 고개를 저으며 말했다.

"한, 그때 기억나요? 가면 쓰고 연주를 할 때요."

"물론이죠."

"저는 그때 당신과 나가지 않고 새장에만 있을 수 있었어요. 하지만 당신과 함께하기로 선택을 했죠. 그리고 그 선택은 제게 새로운 세상을 안겨 주었죠."

한지혁이 고개를 끄덕였고 아리엘라는 손을 들어 자신의 배를 매만졌다.

"이번에도 마찬가지예요. 저는, 우리는 그때처럼 선택을 했어요. 아이를 선택한 거죠. 선택을 했다면 그에 대한 희생이 있는 것도 당연하죠. 한도 그걸 알기에 곡을 만들었잖아요."

"그렇죠."

"우리는 선택을 했어요. 당연히 예전처럼 연주를 하진 못하죠. 하지만 그렇다고 해서 후회를 하지는 않아요. 행복하니까요."

아리엘라가 몸을 돌려 한지혁을 마주 바라보았다.

그녀의 눈이 한지혁을 바라봤고 한지혁의 눈도 그녀의 눈을 바라봤다.

그녀는 행복하다고 말하고 있었다.

자신의 선택에 대한 후회는 조금도 없다고.

"저는 이 길을 선택한 거예요. 한, 당신을 만나고, 세상에 음악을 선보이고…… 그리고 당신과 결혼해 아이를 가진 이 순간 전부를요."

"아리엘라."

"그러니 너무 그렇게 바라보지 말아요. 물론 갑갑할 때는 있죠. 하지만 저는 단 한순간도 행복하지 않은 적이 없어요. 한도 그렇지 않나요?"

그녀의 맑은 눈동자를 바라보던 한지혁은 자신도 행복하다며 고개를 끄덕였다.

그녀가 무슨 말을 하는 건지 알 수 있었다.

변화.

단순히 희생을 한 게 아니라, 선택을 했고 그 선택으로 인해 삶에 변화가 온 거라고.

아리엘라를 안으며 한지혁은 천천히 눈을 감았다가 떴다.

한지혁은 앨범에 수록될 다음 곡에 대한 가닥이 잡혔다.

기쁨과 희생, 그리고 이제는 변화에 대한 곡을 보여 줄 때였다.

"아리엘라, 당신은 나의 뮤즈에요."

"한, 당신도요."

아리엘라가 옆에 없었다면 아직까지 감조차 잡히지 않았겠지.

그녀가 자신과 함께하고 있다는 것에 감사하며, 한지혁은 이번 앨범에 대해 생각했다.

그의 이름으로 낼 마지막 앨범은, 모든 사람에게 의미가 깊을 거라고.

한지혁과 아리엘라의 산책은 계속되었다.

그들은 정말 느긋하게 산책을 즐겼다.

항상 급하게 움직였던 날들과는 다르게 아리엘라와 함께 하는 지금, 한지혁은 여유를 가진 채 거리를 살펴볼 수 있었다.

처음 이곳에 왔을 때 봤던 거리와 지금의 거리는 느낌이 많이 달라졌다.

시간이 흐르면서 다가온 변화였고 한지혁은 주변을 살피 며 변화에 대해 체감할 수 있었다.

그는 머릿속에 악상이 막 떠오르는 게 당장 작업하고 싶은 걸 억지로 참아 내며 걸음을 옮겼다.

얼마나 걸었을까.

한지혁은 아리엘라의 숨이 조금씩 거칠어지는 것을 느끼 고 집으로 향했다.

아리엘라는 조금 지치진 했지만, 오랜만의 산책에 기분이 좋아 보였다.

"오랜만에 산책하니 정말 좋네요."

아니나 다를까.

집에 도착하자마자 아리엘라는 기분 좋은 얼굴로 말했다.

그녀는 한지혁에게 외투를 건네주면서 말을 이어 나갔다.

"한, 우리 앞으로도 종종 같이 산책 나가는 거 어때요? 이렇게 걷는 것도 참 좋은 것 같아서요. 기분 전환도 되고."

"아리엘라가 좋다면 저도 좋아요."

"그럼 우리 내일은 밤에 산책 나가는 건 어때요? 야경도 보고, 좋을 것 같은데."

눈을 반짝이며 말을 하는 그녀의 모습을 바라보며 한지혁은 부드럽게 미소를 지었다.

밤공기가 조금 차진 않을까, 조금 걱정이 되긴 했지만 그는 결국 고개를 끄덕였다.

그녀의 원함이 바로 자신의 원함이었고 그녀가 행복해한다면 한지혁도 마찬가지로 행복을 느낀다.

산책 한 번으로 이런 행복을 누릴 수 있다면, 하루에 몇 번이고 그녀와 함께 런던의 온 거리를 걸을 수 있다.

아리엘라는 기분 좋은 얼굴로 소파에 앉았다.

그 모습을 본 한지혁은 슬쩍 그녀에게 물 한 잔을 가져다주었다.

아리엘라가 물을 마시는 동안, 한지혁은 바이올린을 챙겼다.

산책하면서 떠올렸던 악상들을 얼른 연주해 보고 싶었던 것.

탁.

물 컵을 테이블 위에 올려 둔 아리엘라가, 기대하는 눈빛으로 한지혁을 바라본다.

한지혁은 싱긋, 미소를 보이고는 활을 높이 들어 올렸다.

지이잉.

변화에 대한 악상이 그의 손길을 타고 아름다운 연주로 흘러나오기 시작했다.

한지혁은 아리엘라의 대화 속에서 얻은 자신의 영감을 그대로 음악에 녹여 냈다.

눈을 감은 채 자신의 연주에 온전히 집중하던 그는 아리엘라가 자리에서 일어난 걸 눈치채지 못했다.

아리엘라는 자신의 바이올린을 들고 와 한지혁의 앞에 섰고 그의 연주를 들으며 활을 들었다.

지이잉.

한지혁은 바로 앞에서 들려온 바이올린 소리에 눈을 떠 앞을 바라봤다.

그녀가 한지혁의 연주에 맞춰 연주를 이어 가고 있었다.

아리엘라의 연주는 감미로웠고 한지혁의 음악에 자연스럽게 어우러졌다.

그는 자신과 함께 연주를 하는 아리엘라를 바라보았고, 매우 행복해하는 그녀를 볼 수 있었다.

산책을 하고 왔을 때와는 비교도 하기 힘들 정도의 행복이 그녀를 가득 채우고 있었고.

땀을 흘리며 연주하는 그녀의 모습은 어딘가 후련해 보이기까지 했다.

한지혁은 그런 그녀의 모습을 보며 강한 충격을 받았다.

'그런 거였구나.'

아리엘라와 연주를 하며 그는 거리의 연주를 보면서 그녀가 했던 말이 무엇인지 정확하게 파악할 수 있었다.

선택과 변화.

단순히 이 두 가지만을 말하는 게 아니었다.

아리엘라는 밖으로 나서는 데에 두려움을 가지고 있었다.

그녀는 세상에 나가지 않아도 되었고 안전한 곳에서 삶을 이어 갈 수도 있었다.

하지만 그녀는 두려움을 마주 바라보았고 이겨 내 결국 세상에 모습을 드러냈다.

세상에 나와 연주를 하고 자신이 내린 선택에 대한 결과를 보게 되었으며 그 속에서 행복을 얻었다.

한지혁은 그녀가 한 말의 의미에 대해서 파악하고 강한 영감을 얻었다.

지이잉.

마지막 보잉이 끝나고 한지혁은 천천히 활을 내리며 숨을 길게 내쉬었다.

아리엘라와의 연주는 그에게 강한 충격과 더불어 영감을
주었다.

누가 먼저랄 거 없이 한지혁과 아리엘라와 함께 소파에 앉
았다.

"이게 이번 앨범에 들어갈 곡인가요?"

"네."

아리엘라의 물음에 한지혁이 부드럽게 웃으며 고개를 끄
덕였다.

"정말 좋은 거 같아요."

"그런가요."

"네, 연주를 하면서 제 과거를 돌아보게 되는 느낌이었어
요. 한과 만나고 세상에 나와 지금 이렇게 함께 있는 순간
을요."

그 말에 한지혁은 묘한 미소를 지어 보였다.

산책에서 그녀가 한 말의 의미를 파악했고 자신과 함께하
기까지 그녀가 어떤 두려움을 이겨 내었던 건지 생각하게 되
었다.

"지금 생각해 보면 한과 만나고 제게 정말 많은 변화가 있
었죠. 세상에 처음 나섰고 제 연주를 보일 수 있었죠. 그때는
제가 이렇게 될 거라고 생각하지 못했는데."

"아리엘라."

"네, 한."

"그때 힘들지 않았나요?"

"힘들었죠. 무섭기도 했고요. 제가 경험해 보지 못한 미지의 세계였고 제가 그곳에서 잘 살아갈 수 있을지 두렵기도 했죠."

한지혁의 물음에 아리엘라는 추억을 회상하며 말했다.

그때 그녀는 무척이나 힘들었고 무서웠다며.

자신이 세상으로 나간다는 것 자체를 상상하지 못했었다고 말했다.

"하지만 한과 만났고 제가 가만히 있어서는 안 된다고 생각했어요. 그때는 한과 더 많은 연주를 하고 싶었고 다양한 음악을 접하고 싶었죠."

그래서 두려움을 이겨 내고 세상에 나왔다고, 그녀는 웃으며 말했고 한지혁은 그녀를 진심으로 존경하게 되었다.

두려움을 이겨 낸다는 건 결코 쉬운 일이 아니었다.

불가능할 거라는 막연한 생각과 자신은 할 수 없다는 비판적인 생각을 이겨 내야 했으니까.

하지만 아리엘라는 자신의 두려움을 이겨 냈다.

그는 변화에 대해 다시 한번 생각할 수 있었다.

변화라는 건 결코 단순할 수 없는 일이었고 자신의 두려움을 이겨 내야 하는 일이었다.

한 번의 선택이 자신의 삶을 바꿀 수도 있었기 때문에, 그 선택을 내린다는 거 자체가 무척이나 힘들었다.

아리엘라와 마찬가지로 벤자민 또한 현재 변화하는 중이었다.

벤자민은 두꺼운 성벽이 있던 자신의 마음을 열고 한 명의 음악가로서 살아가는 중이었다.

새장을 열고 나오는 것 또한 두려웠을 터인데, 벤자민은 자신의 두려움을 이겨 냈다.

한지혁은 그들을 생각하며 존경하게 되었다.

자신이었다면, 자신이 그들과 같은 상황이었다면 두려움을 이겨 내고 나아갈 수 있었을까.

'나는 못했겠지. 이미 포기했으니까.'

전생에 그는 음악적 재능이 없었고 그렇기 때문에 음악을 포기하고 기획사 사장이 되었다.

자신이 하지 못할 거라는 두려움에 잡아먹혀 음악을 하지 않았다.

이미 한 번 포기를 했었고 그들처럼 두려움을 이겨 낸 적이 없었기 때문에, 더더욱 그들을 존경했다.

한지혁은 지금 자신이 느끼는 이 기분을, 영감을 앨범에 그대로 담아내고 싶었다.

하지만 자신 혼자서 그게 가능할지 의문이 들었다.

어느 정도는 담아낼 수 있겠지만, 한계는 있을 거다.

그는 두려움을 이겨 낸 적이 없으니까.

그러니까 한 사람의 도움이 필요하다.

한지혁은 이번 곡을 제작하는 데에 있어 가장 큰 도움을 줄 수 있는 사람을 알고 있었다.

세상에서 가장 큰 두려움을 이겨 냈고 완벽한 변화를 보였던 한 사람.

한지혁은 스마트폰을 들었다.

"그렇단 말이지."

조진욱이 중얼거렸다.

그의 앞에 선 백경태가 한지혁을 픽업하면서 들은 정보를 보고하고 있었다.

백경태의 보고에는 한지혁의 앨범에 대한 것과 벤자민의 앨범에 대한 내용이 담겨 있었다.

한지혁의 행보는 결코 평범하지 않았고 그가 하는 모든 일은 세상을 들썩이게 만들었기 때문에.

그가 흘리는 모든 정보를 백경태는 하나도 빠짐없이 주의 깊게 듣고 조진욱에게 보고했다.

그리고 이번에 한지혁이 알려준 건 벤자민의 앨범이 자신의 앨범보다 빨리 나온다는 것이었고.

한지혁이 직접 대단한 앨범이 나올 거라며 기대해도 좋다고 말했다.

"벤자민이라면 이번에 한지혁이 제자로 받은 그 아이지?"

"네."

"흠, 그렇다면 어중간하게 준비해서는 안 되겠네."

지금까지 한지혁이 한 말 중에 대단하단 말이 들어간 일치고 대박이 터지지 않은 것이 없었다.

한지혁이 직접 언급하던 것들은 전부 세상을 떠들썩하게 만들었고.

그렇기 때문에 이번에 한지혁이 말한 벤자민의 앨범에 대한 대처를 어떻게 해야 할지 미리 대비책을 세워야 했다.

"우선 그쪽하고 시간을 잡아 봐. 그쪽에서 협력을 해 줘야 우리도 뭐, 어떻게 준비를 할 수 있을 테니까."

"알겠습니다."

조진욱의 말에 백경태가 고개를 끄덕였다.

벤자민은 JK 엔터테인먼트 소속이 아니었고 그렇기에 그가 소속되어 있는 엔터테인먼트와 협력을 해야 했다.

그가 JK 소속이었다면 훨씬 편했겠지만, 그러지 못했으니 최대한 그쪽과 일정을 맞춰 나가는 수밖에 없었다.

"이번에도 제대로 일 한번 터지겠네요."

백경태는 벌써부터 벤자민의 앨범이 공개되었을 때를 걱정했다.

얼굴에 근심이 어린 백경태의 모습에 조진욱이 피식, 웃음을 흘렸다.

"뭘 벌써부터 걱정하고 있어. 늘 해 오던 일이잖아."

"그게 맞기는 한데. 이번에는 더 걱정이 되어서요. 지혁이가 그렇게 말할 정도면 어지간한 것들과는 비교도 안 되는 게 나온다는 거니까요."

조진욱이라고 해서 백경태의 마음을 이해하지 못하는 건 아니었다.

지금까지 한지혁이 걸어온 행보가 있었고 그 행보는 결코 평범하지 않았다.

더군다나 벤자민은 한지혁이 직접 데리고 다니며 키우고 있는 아이였다.

벤자민의 재능은 이미 'Show yourself'의 무대에서 입증되었고, 한지혁과 함께 한다면 그 재능은 반드시 개화할 수밖에 없었다.

"안 그래도 길거리 뮤지컬 때문에 일이 많아졌는데. 감당이 가능할까 모르겠네요."

"감당해야지. 그러라고 월급을 많이 주는 건데."

"제가 해야 하는 건가요?"

"그럼 우리 백 팀장이 하지, 누가 하겠어."

"농담이시죠?"

"나는 농담을 하지 않아."

조진욱의 단호한 말에 백경태가 울상을 지었다.

이번 앨범의 파장이 엄청날 텐데, 그것을 감당해야 한다는 생각에 백경태는 벌써부터 현기증이 날 지경이었다.

　　"그나저나 우리 한지혁 씨도 참 대단해. 사람 보는 눈이 좋아도 너무 좋잖아. 우리는 몇 년을 찾아다니던 인재를 아무렇지 않게 찾아내고 말이야."

　　"한지혁이니까요."

　　"그래. 한지혁이지. 이젠 한지혁 씨가 대통령을 한다고 해도 이상하지 않을 것 같다는 생각이 든다니까?"

　　"무서운 소리 하지 마세요. 지혁이라면 정말 가능할 것 같잖아요."

　　"말이 그렇다는 거지."

　　조진욱은 질색하는 백경태를 보며 웃어 보였다.

　　가끔 보면 백경태는 반응을 매우 재미있게 했다.

　　"음악의 신이 함께하는 음악가의 앨범이라……. 기대가 되네."

　　조진욱이 입꼬리를 올리며 작게 중얼거렸다.

　　둥. 두두둥.

　　간결하면서도 그리 요란하지는 않은 음악이 흘러나온다.

　　JK 엔터테인먼트에서 마련해 준 작업실.

그곳에서 셰이디는 심각한 표정으로 음악을 듣고 있었다.

최근 그는 앨범을 하나 준비 중이었고 한 달 가까이 작업실에서 생활하며 작업을 하고 있는 중이었다.

"후우……."

스피커에서 흘러나오는 음악을 듣고 있던 셰이디는 손을 뻗어 음악 재생을 멈추고는 숨을 길게 내쉬었다.

그는 들고 있던 펜을 책상에 던져 놓고는 소파에 누웠다.

"왜, 또 뭐가 마음에 안 들어?"

셰이디와 함께 음악을 작업하던 로넬이 그를 바라보며 입을 열었다.

로넬, 그는 셰이디의 옛 동료로 앨범 작업을 도와주고 있었다.

하지만 한 달 가까이 아무런 진척도 되지 않은 작업물에 답답해하고 있었다.

로넬이 듣기에 괜찮다고 생각이 들던 음악들을, 셰이디는 마음에 들지 않는다며 전부 휴지통에 던져 넣었다.

셰이디가 음악을 시작할 때부터 함께해, 그가 음악에 있어 얼마나 진심인지 알고 있었다.

완벽한 음악을 만들고자 하는 셰이디의 고집을 그 누가 오더라도 꺾을 수 없다는 것 또한 예전부터 봐 왔기에 로넬은 잘 알고 있었지만.

이번 작업은 그런 그에게 곤욕이나 다름없었다.

셰이디는 완벽한 음악을 만들고자 했다.

그 생각이 나쁜 건 아니지만, 로넬이 보기에 셰이디가 완벽함에 너무 집착해 작업이 진척되지 않는다는 느낌을 지울 수가 없었다.

"그냥…… 마음에 안 들어. 다 쓰레기야."

"내가 보기에 괜찮은 거 같은데."

로넬은 방금 셰이디가 찢고 구겨 버린 종이를 보며 아쉬움에 입맛을 다셨다.

저 종이에 있는 악상을 음악으로 만들면 엄청난 게 만들어질 것 같은데.

셰이디는 한 번 버린 것은 두 번 다시 쳐다보지 않는 사람이었다.

'아까워서 미치겠네.'

그렇게 버린 것들만 벌써 수백 장이 넘어갔다.

하루에도 십여 개가 넘는 곡을 썼고 그중에 단 하나도 기용되는 게 없었다.

셰이디에 의해 만들어졌고 셰이디에 의해 버려진 곡들은 하나하나가 명작이라 소리를 듣기에 합당한 것들이었다.

로넬 혼자서 작업을 했다면 저런 곡 하나 써 보겠다고 아등바등하고 있었겠지.

셰이디가 천재라는 것도 알고 있었고 고집이 강하다는 것도 알고 있었지만, 이럴 때만큼은 저 고집이 그를 슬프게 만들었다.

로넬의 시선 속에서 셰이디는 팔을 들어 눈을 가리고 있었다.

머릿속에 떠오르는 악상은 많은데, 그게 밖으로 나오지 않았다.

막상 악상을 써도 그게 제대로 된 음악인지도 모르겠다.

'한이었다면 어떻게 했을까.'

셰이디는 자신의 친구, 한을 떠올렸다.

자신이 다시 한번 살아갈 수 있게, 음악을 제대로 할 수 있게 도와준 그의 최고의 친구, 한지혁.

한지혁이 옆에 있었다면, 그가 이렇게까지 답답해하지는 않았을 거였다.

한지혁은 친구이면서 동시에 셰이디가 가장 존경하는 음악가이기도 했으니까.

음악이라는 것에 있어서, 한지혁은 많은 이들에게 존경을 받아 마땅한 존재였다.

셰이디에게는 특히 더.

그에게 한지혁은 영감 그 자체였다.

한지혁과 함께 작업을 할 때면 어떤 음악이라도 만들 수 있을 거란 자신감이 있었다.

문제는 지금 그의 옆에는 한지혁이 없다는 것.

한지혁은 매우 바쁜 일정을 소화하고 있었고 당장 최근만

하더라도 길거리 뮤지컬이라는 획기적인 방법으로 세상에 음악을 드러냈다.

'한은 잘하고 있는데.'

한지혁은 매번 새로운 음악을 보이고 있었고 그 모습을 보며 세상은 감탄했다.

그가 보기에 한지혁은 나무랄 데가 없을 정도로 잘해 나가고 있는 중이었다.

그에 비하면 자신은 지금 뭘 하고 있단 말인가.

똑같이 열심히 해야 하는데, 그는 아직 앨범도 내지 못하고 있었다.

아니, 애초에 앨범 작업 자체가 진행되지 않고 있었다.

한지혁을 보며 감탄하고 뿌듯해하는 것과 별개로 그는 자기 자신이 한심하게 느껴졌다.

자신이 이러고 있으면 안 된다는 걸, 셰이디는 그 누구보다 잘 알고 있었다.

그의 인생은 한지혁으로 인해 구원받았다.

셰이디가 이 자리가 올 수 있었던 건 전부 한지혁 덕분이었다.

한지혁은 그의 뮤즈이고 음악이었기에, 같이 있을 때면 영감이 잘 떠올랐다.

그런데 최근에는 한지혁을 보지 못했고 그래서 영감이 떠오르지 않는 것 같기도 했다.

"한을 못 본 지 너무 오래되었어."

"뭐?"

그의 중얼거리는 소리에 옆에 있던 로넬이 반응했다.

셰이디가 말하는 한이라면 분명……

로넬이 여기서 한에 대한 얘기가 왜 나오냐고 물으려고 할 때였다.

우우웅.

책상에 올려 두었던 셰이디의 스마트폰이 진동하기 시작했다.

화면으로 익숙한 이름이 떠올랐다.

셰이디의 마음을 읽기라도 한 걸까, 마구 울리는 스마트폰을 바라보는 로넬과 그의 눈이 커졌다.

셰이디가 슬쩍, 미소를 지으며 전화를 받았다.

"한!"

셰이디가 환하게 웃으며 달려와 한지혁을 안았다.

다시는 놓치고 싶지 않다는 듯이 한지혁을 안은 셰이디의 팔에는 강한 힘이 들어갔다.

꽤 오랜만에 만났기 때문인지, 한지혁도 반가운 마음이 들었고 웃으며 그를 안아 주었다.

"잘 지냈어?"

"나야 뭐, 네 덕분에 언제나 잘 지내지. 한은 잘 지냈나?"

"나도 잘 지냈지."

한지혁의 어깨에 팔을 두른 셰이디가 즐겁게 말했다.

"길거리 뮤지컬은 잘 봤어. 정말 멋있더군. 그 자리에 내가 없었다는 게 너무 아쉬울 정도야. 한, 다음에 또 그런 자리가 생기면 그때는 나도 불러 줄 거지?"

"그래, 그땐 꼭 부를게."

"고맙다. 역시 대단해, 진짜."

활짝 웃는 셰이디의 모습에 한지혁도 웃어 보였다.

셰이디에게 그가 최고의 친구라면, 그건 한지혁에게도 마찬가지였다.

지금까지 살아온 인생에서 제대로 된 친구라고 말할 수 있는 사람은 셰이디가 유일했다.

음악으로 만나게 되었고 음악으로서 마음이 통했다.

한지혁과 벤자민이 스승과 제자이고 그와 아리엘라가 부부라면.

셰이디와 그는 둘도 없는 친구였다.

서로가 서로에게 영감을 주고 도움을 줄 수 있는 친구.

한지혁은 셰이디 덕분에 한차례 성장했고, 새로운 시각으로 음악을 바라볼 수 있게 되었었으니까.

물론 그건 셰이디도 마찬가지일 것이다.

"셰이디."

"말해."

"내가 앨범을 준비하는 게 하나 있거든?"

한지혁은 셰이디와 눈을 마주했다.

그의 맑은 눈동자가 보였고 앨범 얘기가 나오기 무섭게 열기가 피어오르는 게 느껴진다.

언제나 음악에 대한 열정을 가지고 있기에, 한지혁과 셰이디는 항상 잘 맞을 수밖에 없었다.

"네가 나를 좀 도와줘야 할 것 같아. 혼자는 조금 힘드네."

"뭐든 말해. 나는 좋아."

셰이디는 두말할 것도 없다며 바로 고개를 수락했다.

그 모습을 보며 한지혁은 피식, 웃음을 흘렸다.

원래 한지혁은 혼자서 작업을 하려고 했다.

아리엘라에게서 얻은 영감으로도 충분히 작업을 할 수 있었지만, 그는 그렇게 하지 않았다.

이번에 그가 만드는 앨범은 가족과 자신이 살아오면서 만났던 사람들에 대한 이야기가 담겼다.

그의 인생은 혼자였던 적이 없었고 그렇기 때문에 혼자서 작업을 할 수가 없었다.

지금까지 살아온 그의 인생에서 중요한 사람들 중에는 셰이디도 있었다.

한지혁이 처음으로 살려야 한다고 생각을 했던 사람이고,

한 사람의 인생에 강하게 개입하게 만든 인물.

셰이디는 이미 한지혁의 인생에 빠질 수 없는 존재가 되어 버렸다.

한지혁은 셰이디와 함께 런던에 따로 마련되어 있는 자신의 작업실로 셰이디를 안내했다.

조진욱이 직접 나서 한지혁을 위해 마련해 준 장소였고 매주 관리하러 사람들이 찾아와 작업실은 언제나 깨끗한 상태를 유지했다.

그래서 몇 달 만에 들어와도 청소할 거 없이 바로 사용할 수 있었다.

셰이디는 작업실을 한번 스윽 훑어보더니 빠르게 책상 앞으로 가서 앉았다.

처음 들어오는 작업실이었지만, 셰이디는 작업실에 내부 인테리어에 큰 관심을 보이지 않았다.

지금 그는 작업실을 구경하는 것보다는 한지혁의 앨범이 궁금했고 어떤 식으로 진행해야 할지를 생각하기 바빴다.

문을 닫고 들어온 한지혁은 생수 두 개를 가지고 와 셰이디에 건네주고는 앞에 자리를 잡고 앉았다.

"한의 앨범이라……. 벌써부터 기대가 되네. 개인 앨범은 꽤 오랜만 아니야?"

"그렇기는 하지."

뮤즈로 냈던 음악을 제외한다면, 개인 앨범은 오랜만에 내는 거였다.

　오랜만에 내는 앨범이었고 한지혁이란 이름으로 내는 마지막 앨범이었다.

　"사람들이 좋아하겠네. 한의 개인 앨범을 다들 기다리고 있었으니까."

　"이건 내 이름으로 내는 마지막 앨범이야."

　"……?"

　한지혁은 셰이디에게 그 사실을 숨기지 않았다.

　그의 말을 들은 셰이디의 몸이 뻣뻣하게 굳어졌다.

　자신이 무언가 잘못 듣기라도 한 것처럼 셰이디는 당황하다가 겨우 입을 열었다.

　"마지막 앨범이라니……. 한, 은퇴하는 거야?"

　"아니, 내가 은퇴를 왜 해."

　한지혁은 웃으며 말했고 셰이디는 더 이해할 수 없다는 듯한 얼굴이 되었다.

　은퇴를 하는 게 아닌데, 왜 마지막 앨범이란 말인가.

　한지혁이 한 말의 의미를 고민하던 셰이디는, 아리엘라를 떠올리고는 이내 그가 무슨 말을 한 건지 파악할 수 있었다.

　"아……."

　한지혁의 이름으로 내는 마지막 앨범.

　그건 그가 은퇴한다는 의미가 아니었다.

　지금 만들려는 곡.

'변화'라는 테마를 가진 곡과 같은 의미를 가진 말인 거다.

한지혁은, 그냥 단순히 한지혁이 아니라……. 앞으로는 '기쁨이'의 아버지로서 음악을 하게 될 것이다.

이번 앨범이 한지혁으로서의 마지막 앨범일 뿐.

그가 음악을 더 이상 하지 않을 것이라는 뜻은 아니다.

마지막이라는 의미가 어떤 것인지 이해하고 나니 이번 앨범이 얼마나 중요한지도 알 수 있었다.

"무슨 소리인지 알겠어. 역시 한, 너는 대단해."

셰이디의 중얼거리는 소리에 한지혁은 그저 웃음만 지어 보였다.

"그래서 어떻게 하려고?"

"우선 내가 틀을 만든 게 있어. 이걸 먼저 들어 줘."

한지혁은 그렇게 말을 하며 자신이 작업하던 음악을 그에게 들려주었다.

그의 앨범은 어느 정도 틀이 잡혀 있었다.

이제 이것을 가지고 완성을 시키면 되는 거였다.

한지혁이 음악을 틀었고 셰이디가 몸을 앞으로 당기며 집중했다.

한지혁이 들려준 음악에는 그가 어떤 걸 말하고 싶어 하는지를 알려 줬다.

가족을 강조했고 자신이 내린 선택 속에서 만난 사람들과 그로 인해 일어난 결과와 변화에 대해서 말했다.

셰이디는 음악을 들으며 고개를 까딱거렸다.

음악이 끝나고 한지혁은 숨을 깊게 내쉬며 고개를 들어 셰이디를 바라봤다.

그리고 그는 셰이디의 입꼬리가 올라가 있는 걸 볼 수 있었다.

런던의 작업실.

스피커에서 음악이 흘러나오는 가운데, 한지혁은 소파에 앉아 자신의 앞에 놓인 노트를 가만히 바라보고 있었다.

그런 그의 앞에서, 셰이디가 손에 들고 있던 펜을 화려하게 돌리며 스피커에서 나오는 음악에 집중했다.

몇 분에 걸쳐 재생된 음악이 끝나고 한지혁은 고개를 들어 셰이디를 바라봤다.

때마침 고개를 들었던 셰이디와 눈이 마주쳤다.

잠깐의 눈빛 교환이 오가고 셰이디가 입을 열었다.

"한, 내 생각에서는 여기서 감정을 더 고조시키는 게 좋을 것 같은데."

"나도 그렇게 생각해. 그리고 여기서는……."

두 사람이 작업을 시작하니 매우 빠른 속도로 일이 진행되었다.

한지혁은 셰이디가 하는 말들을 들으며 생각했다.

역시 그와 음악을 하면 훨씬 작업이 잘되는 거 같다고.

셰이디는 그의 생각을 너무 잘 알았고 무엇을 원하는지 알고 있었다.

그리고 그건 한지혁도 마찬가지였고 음악을 작업하는 데에 있어 막히는 부분이 없었다.

한지혁이 막힐 때면 셰이디가 답답한 부분을 풀어 줬고 셰이디가 막힐 때면 한지혁이 해답을 내 주었다.

이번 앨범의 곡은 변화에 대해 담고 있었다.

지금까지 그가 내렸던 선택에 대한 변화와 아이가 생기고 나타나는 변화들.

그는 음악을 하면서 자신이 두려움을 가지고 있다는 것을 느낄 수 있었다.

행복과는 별개로 한지혁은 한 아이의 아버지가 된다는 사실에 두려움이 생겨났다.

지금까지 뒤를 생각하지 않고 달려왔을 때와는 너무나도 많은 게 달라져 있을 거라 알고 있었고 실제로 많은 것이 달라졌다.

당장 아리엘라만 놓고 보더라도 그녀의 생활은 아이가 생기기 전과는 다른 일상을 보내고 있었다.

그녀는 그러한 변화를 기꺼이 받아들이고 있었고 행복해하고 있었다.

한지혁이라고 해서 아버지가 되는 게 행복하지 않은 게 아니었다.

그녀와 마찬가지로 행복해했고 진심으로 기뻐했다.

그렇기 때문에 앨범의 첫 곡으로 아이의 태명이자 그의 마음을 대변한 기쁨을 만들지 않았던가.

한지혁이 느끼는 두려움은 매우 복잡했고 말로 설명하기 힘들었다.

행복과 기쁨 그리고 두려움이 공존하는, 모순된 상황이었으니까.

그는 자신이 느끼는 모든 것들을 곡에 녹여 냈다.

매우 순조롭게 작업은 진행되었고 그 속에서 한지혁은 셰이디의 앨범 작업을 도와주는 것도 잊지 않았다.

한지혁과 마찬가지로 셰이디도 현재 앨범을 작업하고 있는 중이었다.

그가 전화를 했을 때만 해도 셰이디는 동료와 함께 앨범 작업을 하고 있었다고 말했다.

그런데도 한지혁의 전화를 받고 바로 나와 준 건, 그만큼 셰이디에게는 한지혁이 중요하다는 거였다.

자신의 앨범 작업도 뒤로 미룬 채 한지혁의 작업을 도와줄 정도로 말이다.

한지혁은 그에게 고마운 마음을 갖고 있었고 그렇기 때문에 자신의 곡을 작업하면서 셰이디의 작업도 도와줬다.

그의 곡은 틀을 잡는 작업은 얼추 끝나서 이제 살을 붙여 가는 중이었다.

셰이디의 작업을 도와줘도 아무런 문제가 없었다.

"오늘은 여기까지만 하고 내일 다시 와서 작업을 하면 되겠네."

밤이 다가올 무렵, 한지혁은 자리에서 일어나며 말했다.

그는 런던에서 작업을 하면서 최대한 규칙적으로 생활을 해 보려고 노력하는 중이었다.

작업실에 나오기 전 아리엘라와 아침을 먹고 점심은 간단하게 때운 뒤 저녁까지 작업에 매진했다.

그리고 저녁은 배달을 시켜 먹은 후 추가로 작업을 하고 나서 퇴근을 했다.

작업을 하는 것도 좋지만, 그만큼 아리엘라와 시간을 보내고 싶은 마음도 가득했다.

"벌써 시간이 이렇게 되었네. 내일 보자고, 한."

셰이디는 한의 생각을 존중해 주었다.

그는 작업실을 나서는 한지혁을 배웅해 주었다.

런던에서 작업을 하는 동안 셰이디는 작업실에서 생활하기로 했다.

한지혁이 따로 숙소를 마련해 주겠다고 말했지만, 셰이디는 작업을 할 때만큼은 작업실에서 생활하는 게 편하다고 말했다.

JK 엔터테인먼트에서도 숙소에 대해 말을 하긴 했지만, 셰이디가 전부 거절했다는 걸로 알고 있다.

　　그나마 다행인 건 작업실에는 샤워실과 같은 것이 갖춰져 있어 숙식을 하는 데에는 큰 불편함이 없다는 거였다.

　　"필요한 게 있으면 언제든지 전화해."

　　하지만 한지혁은 친구로서 그를 걱정할 수밖에 없었다.

　　작업실을 나가는 순간에도 한지혁은 그에게 필요한 건 없는지 살펴봤다.

　　이렇게라도 해야 마음이 편해질 수 있었으니까.

　　셰이디의 배웅을 뒤로한 채 집으로 돌아가는 길.

　　한지혁의 스마트폰이 진동했다.

　　-여보세요?

　　익숙한 목소리가 전화 너머로 들려왔다.

　　"응, 지현아. 무슨 일이야?"

　　한지혁은 전화를 연결한 다음 천천히 길을 걸으며 통화를 이어 갔다.

　　-오빠, 잠깐 시간 돼?

　　"응, 말해."

　　한지혁은 바로 대답을 했다.

시간이 되냐고 묻는다는 건 이야기가 길어질 수 있다는 걸 암시하고 있었고.

작업실에서 집까지 걸어서 15분 정도 걸린다는 걸 알고 있던 그는 집까지 가면서 통화하면 충분하다고 판단했다.

-길거리 뮤지컬 봤어. 재미있더라고. 음악도 엄청 좋았고.

"고마워."

-그 자리에 나도 있었으면 좋았을 텐데……. 영상으로 봤는데, 영감이 막 샘솟는 거 있지?

이지현의 말에 한지혁이 피식 웃음을 흘렸다.

한지혁은 잠시간 서로 농담을 주고받으며 즐거운 분위기 속에서 대화를 이어 나갔다.

-작업 끝난 거 들었어. 엄청 좋더라고. 역시 오빠가 움직이면 느낌 자체가 달라지는 거 같아.

"좋다니 다행이네."

-그냥 좋은 정도가 아니야. 이 정도면 당장 앨범으로 내도 이상하지 않을 정도라니까?

이지현이 조금 흥분해서 말을 하기는 했지만, 김현수도 그녀의 말에 어느 정도 동의하는 바였다.

그가 생각하기에도 이번 음악은 매우 좋았고 사람들의 반응도 기대해 볼 만했다.

특히 이번 작업을 할 때에는 모티브를 삼을 수 있는 사람이 옆에 있어 훨씬 수월하고 정교하게 작업했다.

벤자민의 도움도 꽤 받았고 새로운 영감도 많이 얻었다.

-뮤지컬도 곧 개봉할 거고. 지금 한창 일정 잡고 있어. 뮤지컬 개봉 시기에 맞춰서 영화도 해야 하니까.

"응."

-오빠는 어떻게 앨범 작업은 잘되어 가고 있어? 슬슬 앨범 낼 때 됐잖아.

"아직. 지금 한창 작업 중이야."

한지혁이 앨범을 작업하고 있다는 건 극소수의 사람들만 알고 있었지만, 그는 이지현에게 그 사실을 숨기지 않았다.

이지현은 그의 변화하는 과정을 함께 한 사람들 중 하나였으니까.

-기대하고 있을게.

"응, 이번에는 기대해도 좋아."

-와, 오빠가 그렇게 말할 정도면 이번에 나오는 앨범은 대박이라는 건데.

그 이후로도 사소한 대화를 나누던 한지혁은, 저 멀리 집의 윤곽을 볼 수 있었다.

이지현과 전화를 하며 걸으니 시간 가는 줄 모르고 걸었다.

-뮤지컬 개봉하면…… 오빠도 보러 올 거지?

"응, 페인힐 씨가 티켓 보내 준다고 해서 아리엘라와 함께 보려고."

-그렇구나. 잘되었네. 나도 예주하고 뮤지컬 보려고 했거든.

오랜만에 얼굴 볼 수 있겠다.

서예주와 함께 뮤지컬을 보러 온다는 말에 한지혁은 웃음을 흘렸다.

그러고 보니 서예주를 못 본 지 꽤 오래되었구나 하는 생각이 들었다.

결혼을 한 이후로는 아예 보지 못했으니까.

"예주도 오랜만에 보겠네. 지금 구독자가 백만 넘지 않았나?"

―백만이 뭐야, 지금 백구십만도 넘어서 이백만을 바라보고 있는데.

"대단하네."

―이번에 예주 보면 오빠 깜짝 놀랄 수도 있거든. 엄청 컸거든. 아마 못 알아볼 수도 있을걸.

"기대되네."

한지혁은 웃으며 말했고 이지현과 몇 마디를 더 나누고 통화를 끊었다.

뮤지컬 개봉 날에 보고 싶은 얼굴들을 많이 볼 거 같다는 생각에 벌써부터 그때가 기다려졌다.

"아리엘라, 저 왔어요."

집안으로 들어서며 아리엘라를 찾는 한지혁의 표정이 매우 밝았다.

한지혁이 앨범을 작업하는 동안, 다즐링에서도 매우 바쁘게 움직였다.

바람의 왕국 두 번째 이야기의 내용을 담고 있는 뮤지컬인 만큼, 그들은 이번 공연에 신중을 가했다.

뮤지컬 배우들이 연습에 집중할 수 있도록 환경을 조성했고 무대를 관리했다.

이번 뮤지컬은 다즐링에서 크게 투자한 만큼 지금까지는 보인 적 없던 새로운 무대를 보여 주려고 했다.

모두가 열광할 수 있는 무대, 그리고 한지혁이 작업한 음악을 모두가 즐길 수 있게 했다.

복잡한 장치가 많은 만큼, 다즐링에서는 실수가 없도록 철저하게 움직였다.

뮤지컬의 준비 과정이 끝나고 개봉 일정이 잡혔다.

바람의 왕국, 뮤지컬 개봉 날짜는?

다즐링 측 관계자, 이번 뮤지컬은 기대해 볼 만하다.

뮤지컬로 유명한 다즐링, 이번 뮤지컬에 정수를 담다.

이번에 뮤지컬이다. 한지혁, 그의 한계는 어디인가.

다즐링의 홍보와 함께 포털 사이트는 온통 뮤지컬에 대한 기사들로 가득 채워졌다.

바람의 왕국은 영화 상영 이후 매우 큰 사랑을 받았다.

사람들은 바람의 왕국에 열광했고 다음 이야기를 무척이나 궁금하게 여겼다.

전 세계적으로 사랑을 바람의 왕국의 두 번째 이야기가 뮤지컬로 개봉된다는 소식에 사람들이 크게 반응하는 것도 그리 이상한 일이 아니었다.

더군다나 다즐링은 본래 뮤지컬로 유명한 곳이었다.

뮤지컬을 잘 만들기로 소문났고 거기에 한지혁이 또 한 번 작업에 참여했다는 게 밝혀졌다.

바람의 왕국 첫 번째 이야기에서 사람들은 한지혁이 프로듀싱한 음악을 보고 강한 충격을 받았다.

그들은 다시 한번 그때의 기분을 느낄 수 있다는 생각에 환호했다.

떴다!

길거리 뮤지컬 했을 때부터 알고 있었는데, 한지혁이 이번에도 일 제대로 벌였네.

이번에 바람의 왕국 두 번째 이야기가 뮤지컬로 개봉한다는데, 한지혁이 프로듀싱이래.

이걸 어떻게 안 보냐.

티켓 풀자마자 바로 살 생각임.

이건 안 보면 평생 후회할 거라는 걸 너무 잘 알고 있어서.

뉴욕에 있는 무대에서 한다는 데 회사 연차 당겨 오려고 대기 중이다.

─내일인데 : 와, 솔직히 바람의 왕국이면 인정이지. 나도 회사 연차 내야 하나.

─포도주 : 뉴욕에서 열린다고? 아, 지금 나 프랑스에서 일하고 있는데…… 여기서 빠지겠다고 하면 안 되겠지? 꼭 보고 싶은데.

─해가뜬다 : 솔직히 한지혁이 작업하는 거면 반은 먹고 들어가는 건데. 하필이면 뉴욕이냐? 해 줄 거면 한국에서 해 주든가. 그럼 바로 갈 텐데.

바람의 왕국 뮤지컬 개봉 소식에 사람들의 반응은 매우 뜨겁게 달아올랐다.

'바람의 왕국 1'을 보고 말하는 사람들도 있지만, 길거리 뮤지컬을 본 사람들의 반응이 매우 열렬했다.

사람들이 전부 뮤지컬 얘기로 인터넷을 가득 채우고 있을 때.

한지혁은 음악의 신들이 보내온 메시지를 보고 있었다.

chapter. 3

-'또 하나의 여왕'이 완성된 곡을 보며 좋은 음악이 나왔
다고 감탄합니다.

　한지혁은 음악의 신들이 보내오는 메시지를 보며 길게 숨
을 내쉬었다.

　셰이디와 작업한 끝에 결국 곡이 완성되었다.

　이 곡을 만들면서 한지혁은 참으로 많은 것들을 느낄 수
있었다.

　자신을 돌아볼 수 있었고 자신과 함께하는 사람들을 볼 수
있었다.

　그리고 자신의 두려움을 알 수 있었다.

지금까지 그는 한 번도 두려움을 이겨 본 적이 없었다.

물론 한지혁을 보고 두려움을 이기지 못했다고 말할 사람은 단 한 명도 없겠지.

하지만 한지혁 본인은 그렇게 생각하고 있었다.

두려움을 이기지 못하고 외면했었다고.

그렇기에 그는 이번에는 두려움을 이겨 보고자 했다.

포기하고 도망친 전생과는 다르게 이번에는 제대로 직면하고 나아갈 생각이었다.

물론 이번 생은 지난 생과 다르게 음악가로서의 삶을 살아가고 있지만, 그건 두려움을 이겨 내서 이렇게 살아가는 게 아니라 그저 새로운 기회가 주어졌기에 그렇게 살았던 것뿐이다.

하지만 지금은 아니다.

한지혁은 정말로 자신의 모든 것을 걸고 앞으로 나아가려 애쓰고 있었다.

자신뿐 아니라, 아리엘라와 기쁨이를 위해서라도 말이다.

그는 그 생각을, 감정을, 느낌을 곡에 담아내려 애썼다.

그렇게 완성된 곡은 한지혁이 보기에도 무척이나 좋았고, 당연히 그의 귀에만 좋게 들린 것은 아니었다.

–'들리지 않는 예술가'가 영감을 주는 곡이라며 손이 근질거린다고 말합니다.

-거리의 천사'는 당신이기에 만들 수 있었던 곡이라며
박수를 보냅니다.
　-팝의 황제'가 당신의 곡을 듣고 웃음을 터트립니다.

음악의 신들 모두가 완성된 그의 곡을 들으며 극찬했다.
그들이 보이는 반응에 한지혁은 미소를 머금었다.
겸손을 떨 생각은 없었다.
그가 보기에도 이번 곡은 박수를 받기에 아깝지 않은 곡이
었으니까.
"드디어 끝났네."
"그러게. 한, 고생 많았어."
"셰이디, 너도 고생 많았어."
한지혁과 셰이디과 손을 마주 잡으며 강하게 힘을 줬다.
이번 곡을 작업하면서 두 사람은 서로 많은 영감을 얻었고
음악에 있어 많은 성과를 이뤄 냈다.
한지혁은 자신이 외면하고 있었던 것들을 마주 보게 되었
고 셰이디는 앨범 제작에서 막혔던 부분을 뚫을 수 있었다.
"이제 세 번째 곡이 완성된 건가?"
"응."
"아직 갈 길이 멀었네."
셰이디의 말에 한지혁이 피식 웃음을 흘렸다.
확실히 앞으로 앨범에 들어갈 곡은 많이 남았고 전부 제작

하려면 년 단위의 시간이 걸릴 수도 있었다.

시간이나 정성 같은 모든 게 많이 소모되겠지만, 그는 그게 힘들다고 생각하지는 않았다.

앨범을 작업하면서 얻을 수 있는 게 많았고 앞으로 어떤 길을 걸어야 할지 정리가 되었으니까.

그리고 그렇게 완성된 곡을 곧 세상의 빛을 볼 딸에게 들려줄 수 있다고 생각하니, 지치기는커녕 의욕만 더 생긴다.

더욱 열심히, 더욱 완벽하게 작업하자는 생각만이 들었다.

"아, 그러고 보니…… 한, 콘서트 해야 한다고 하지 않았어?"

"응. 해야지."

한지혁은 앨범 제작과 함께 아이가 태어나기 전 콘서트를 하나 할 계획을 가지고 있었다.

이번 콘서트는 앨범과 마찬가지로 그에게 강한 의미를 가지고 있었다.

아이가 태어나기 전 마지막으로 여는 콘서트였고 그렇기에 제대로 준비하고 있는 중이었다.

그렇기에 앨범 준비도 서둘러 진행을 하고 있는 것이고.

최근에는 뮤지컬로 인해 바빠서 잠시 뒤로 미루기는 했지만, 이제는 더 미룰 수도 없었다.

'준비를 서둘러야겠어.'

아이가 태어나기 전 콘서트를 열어야 했기 때문에, 시간이 그리 많다고 볼 수는 없었다.

회사와 얘기를 해서 일정을 최대한 빨리 맞춰야겠지.

앨범이 진행되고…….

"콘서트 일정 잡히면 알려 줘. 그때 나도 도와줄게."

"알았어."

셰이디가 콘서트를 도와준다고 하니, 그것만으로도 한지혁은 천군만마를 얻은 느낌이었다.

그와 콘서트에 대해 대화를 나누며 한지혁은 앞으로의 일정에 대해 깊이 고민했다.

곡이 완성되고 셰이디는 자신의 집으로 돌아갔다.

한지혁과 앨범 작업을 하면서 그의 앨범도 어느 정도 진척이 되었고.

얻은 영감도 많았다며, 한지혁의 배웅을 받은 셰이디는 그에게 기대해도 좋다고 말을 하고 떠났다.

'셰이디의 새 앨범이라……. 벌써부터 기대가 되네.'

전생에 래퍼의 신이라고 불렸으며, 지금도 자신의 능력을 마음껏 발휘하고 있는 셰이디였다.

그런 그가 자신하는 앨범이라면, 마땅히 그만한 기대를 보일 필요는 충분했다.

옆에서 셰이디가 작업하는 모습을 지켜보기까지 했기 때문에 한지혁은 더더욱 강한 기대감을 보였다.

셰이디를 배웅해 주고 집으로 돌아온 한지혁은, 거실 소파에 앉아 있는 아리엘라의 옆에 앉아 그녀의 볼에 입을 맞췄다.

"왔어요, 한?"

"네, 뭐 하고 있었어요?"

"한과 함께 만들었던 음악을 듣고 있었어요."

아리엘라가 이어폰이 연결된 자신의 스마트폰을 보이며 말했다.

그 모습을 보며 한지혁이 웃어 보였다.

뮤즈와 에로스의 이름으로 공개했던 곡인 선물.

어머니의 심장 소리가 들어가 있는 그 음악은 아이들에게도 그리고 어른들에게도 편안함을 안겨 주었던 음악이었다.

한지혁은 그녀를 바라보고 있다가 셰이디와 함께 완성시킨 곡을 그녀에게 보여 줬다.

"아리엘라. 곡이 오늘 완성됐는데, 들어 줄 수 있나요?"

"물론이죠, 한."

아리엘라는 반가운 얼굴로 고개를 끄덕이며 한지혁이 재생시킨 음악을 들었다.

바이올린 소리가 들려왔고 한지혁은 아리엘라가 눈을 감은 채 음악을 감상하는 걸 볼 수 있었다.

그녀와 함께 음악에 집중하던 한지혁은, 재생이 끝나는 것과 동시에 만족스럽게 고개를 끄덕였다.

다시 들어도 제대로 만들어진 음악이란 생각이 들었다.

넣고자 했던 모든 요소가 다 들어가 있다.

그녀는 어떻게 생각할까 싶어 한지혁은 그녀의 반응을 살폈고.

복잡 미묘한 그녀의 표정에 고개를 갸웃거렸다.

"……좋네요."

옅게 숨을 내쉬며 말을 하는 그녀의 모습을 보며 한지혁의 생각이 복잡해졌다.

아리엘라는 변화를 들으며 즐거워하다가도 아쉬움을 보였다.

그 아쉬움은 자신이 그와 함께 음악을 하지 못하는 데에서 나오는 아쉬움이었다.

아리엘라도 음악을 하고 싶어 했고 그렇기에 완성된 곡을 들으며 아쉬워했다.

한지혁은 그 모습을 보며 생각에 잠겼다.

뭔가, 아리엘라를 보며 묘한 느낌이 든다.

약간의 위화감을 느끼던 그는, 이내 위화감의 정체를 깨달았다.

변화는 한 곳에서만 일어나는 게 아니라는 것을, 그는 금방 깨달을 수 있었다.

아리엘라와 한지혁 사이에도 분명 변화는 있었다.

처음 아리엘라를 만났을 때는 남이었고, 존경하는 음악가가 되었다가, 그 이후로 연인이 되었다.

지금에 와서는 서로의 음악을 듣고 사랑하게 되었고 부부가 되어, 이제는 부모가 되어 가는 과정을 밟고 있었다.

같이 음악을 하고, 다른 모든 걸 같이했다.

한지혁과 아리엘라는 평생을 음악에 미쳐 살았고 그건 앞으로도 마찬가지였다.

음악을 사랑하고 음악을 하고 싶어 한다.

하지만 지금 아리엘라는 잠시 음악을 하지 못하고 있었다.

그건 선택에 대한 희생이었고 변화였다.

아리엘라는 지금 충분히 행복해하고 있었지만, 그녀는 지금 아쉬워하고 있었다.

부모가 된다는 건 결코 단순한 일이 아니었다.

새로운 생명이 탄생하고 그 생명을 사랑 속에서 책임져야 하는 게 부모였다.

자신들이 기존에 하고 있는 일들 중 일부를 비어 그 시간 동안 온전히 아이에게 집중해야 한다.

자연스럽게 음악을 하는 시간이 줄어들 테고, 어떤 날은 아예 음악을 하지 못하게 될 수도 있다.

그리고 지금 아리엘라가 그러고 있었다.

건강을 위해서 잠시 음악을 쉬고 있는 상태였다.

한지혁이나 아리엘라는 연주를 하면 온 정신을 쏟는다.

체력이든 정신이든 할 것 없이 연주에 전부 쏟아부어 버린다.

아이를 얻기 전이었다면 그래도 되었지만, 아이가 있는 지금 그렇게 했다가는 무척이나 위험해진다.

아이를 생각해서라도 그녀는 자신이 가장 좋아하는 일을 잠시 멈춰 두고 있었다.

그녀를 바라보며 한지혁은 강한 영감이 떠올랐다.

"아리엘라."

"네, 한."

"제가 좋은 생각이 났는데. 한번 들어 볼래요?"

다음 곡을 어떤 걸로 해야 할지 감이 잡혔다.

이번에는 아리엘라와 함께할 차례였다.

"네, 다음에 또 연락드리죠."

이예현은 전화를 끊으며 몸을 뒤로 당겼다.

방금 그녀와 전화한 사람은 뉴욕에서 기자 활동을 하고 있는 동료였다.

서로 자신들의 이슈를 알려 주는 대가로 이예현은 외국에서 일어나는 일들의 정보를 얻어 낼 수 있었다.

그리고 이번에 그녀가 얻은 정보는 뉴욕에서 열리는 뮤지컬에 대한 것이었다.

이예현이 자기가 가진 정보를 팔면서 얻은 뮤지컬에 대한 정보는 일반적으로 열리는 뮤지컬처럼 단순한 게 아니었다.

무려 바람의 왕국과 관련된 뮤지컬이었고 한지혁이 프로듀싱을 했다.

"한지혁, 이 사람도 참 대단하단 말이야. 가끔 보면서 몸 여러 개가 있는 사람 같아."

이예현은 지금까지 한지혁이 해 온 일들을 생각하며 혀를 내둘렀다.

한지혁은 항상 남들이 생각하는 그 이상의 일을 해냈다.

오직 한지혁이기에 가능한 일이었고 그렇기에 감탄과 존경을 보일 수밖에 없었다.

"이번에 또 한 번 일을 제대로 벌여 주셨어."

뉴욕에서 열릴 바람의 왕국 뮤지컬은, 그녀가 보기에 온 세계가 집중해도 이상하지 않을 것 같았다.

바람의 왕국 첫 번째 이야기의 내용을 담은 뮤지컬을 내도 어지간한 뮤지컬들은 가볍게 지르밟을 수 있는 인기를 보일 수 있을 텐데.

이번에 나오는 뮤지컬은 무려 바람의 왕국 두 번째 이야기의 내용을 담고 있었다.

그리고 그 뮤지컬의 음악을 한지혁이 맡았다.

한지혁이란 이름 하나만으로도 절로 기대를 하게 되었다.

그가 길거리 뮤지컬을 할 때만 해도 일을 크게 벌일 것 같다고 어느 정도 예상을 하고는 있었지만.

이런 식으로 거하게 일을 터뜨릴 줄은 몰랐다.

'이러니 한지혁, 한지혁 하는 거겠지.'

이예현은 피식 웃음을 흘리며 키보드로 손을 뻗었다.

어떤 식의 기사를 써야 할지 감이 잡혔다.

한지혁이 참여한 뮤지컬.

그 소재 하나만으로도 그녀가 쓸 수 있는 기사가 무수히도 많았다.

그 한지혁이 직접 프로듀싱을 맡은 만큼 이번 바람의 왕국 두 번째 이야기의 음악도 엄청나겠지.

참으로 대단한 사람이라고 다시 한번 생각하며 그녀는 키보드를 두드렸다.

탁. 타다닥.

키보드를 두드리는 소리가 그녀의 방을 가득 채웠다.

이번에는 뮤지컬이다.

최근 뮤지션 한지혁의 행보에 사람들은 다시 한번 크게 열광했다.

누구도 예상하지 못한 순간에 뉴욕 길거리에서 바람의 왕국 내용을 담은 뮤지컬이 열렸다.

한지혁이 선보인 무대로, 다즐링의 뮤지컬 배우들과 함께 보여준 무대는 길을 지나가는 사람들에게 예상하지 못한 기쁨을 안겨 줬다.

그날 그 자리에 있었던 시민 중 한 사람은 "내 인생의 최고의 순간이었다."라며 행복한 미소를 자아냈다.

그에 이어 또 다른 시민은 "한지혁과 같은 뮤지션과 한 시대에 살아갈 수 있다는 게 기적과도 같다."라고 말하며 자신의 심정을 드러냈다.

한지혁의 길거리 뮤지컬로 인해 사람들은 다시 한번 길거리 뮤지컬을 해 주지 않을까 하는 기대심을 가졌다.

한지혁은 그런 그들에게 바람의 왕국 두 번째 이야기, 뮤지컬에 대한 소식을 알렸다.

뮤지컬 예매일 당시, 2시간 만에 전석 매진이라는 결과를 만들어 냈을 정도로 사람들은 강한 기대감을 보였다.

ONE, 이예현.

이예현이 쓴 기사를 보며 한지혁은 미소를 지었다.

예전 우연한 계기로 만나게 되어 인연을 맺게 된 이예현 기자는, 한지혁이 친분을 유지하고 있는 몇 안 되는 기자 중 한 사람이었다.

아니, 거의 유일하다고 봐야겠지.

이예현은 항상 한지혁에 대해 좋은 기사를 내줬고 그렇기에 한지혁도 때때로 소식이 생길 때 기회가 된다면 이예현에게 슬쩍 알려 주기도 했다.

인터뷰 같은 것도 되도록 이예현과 함께하는 편이고.

전체적으로 대중들에게 딱 필요한 내용만을 전해 주는 그녀의 기사는 보기에도 무척이나 편했고, 한지혁 입장에서도 보기 좋았다.

우호적인 언론이 어떤 느낌인지 바로 파악할 수 있었으니까.

"한, 뭐 보고 있어요?"

한지혁은 자신의 옆에 앉으며 말을 걸어오는 아리엘라의 모습에 고개를 돌려 그녀를 바라봤다.

방금 막자고 일어난 그녀의 머리카락이 부스스하게 흩어져 있었다.

한지혁은 그녀의 머리를 쓰다듬으며 대답했다.

"기사 보고 있었어요. 다즐링에서 하는 뮤지컬에 대한 기사인데, 같이 볼래요?"

"네."

아리엘라가 한지혁의 어깨에 기대며 그가 들고 있는 스마트폰의 화면을 바라보았다.

최근 아리엘라가 한국어를 배우고 있긴 하지만, 전부 읽을 수는 없었기에 한지혁은 하나씩 번역해 주기도 하고, 외신들의 기사도 살펴보면서 그녀와 함께 뮤지컬에 대한 기사를 찾아보았다.

　다즐링, 이번 공연에 모든 걸 갈아 부었다.
　〈바람의 왕국1〉에 이어 〈바람의 왕국 두 번째 이야기〉에도 참여한 한지혁.
　한지혁, 그의 한계는 어디까지인가.

이예현의 기사 말고도 그에 대한 기사는 무척이나 많았다.
당장 국내, 해외할 거 없이 언론 매체들에서 수백 개의 기사들을 쏟아 내고 있었다.
한지혁이 비록 1년 정도를 쉬었다고는 하지만, 겨우 1년이란 시간은 그를 잊게 만들기에는 무척이나 짧은 시간이었다.
음악가는 음악으로 자신의 이름을 세상에 남긴다고 한다.
한지혁이 지금까지 만들고 참여한 음악들은 사람들의 호평을 받고 큰 환호를 받았다.
그의 음악은 먼 미래에, 수백 년 뒤에도 알려져 있을 거라고 말하는 사람들도 많았다.
1년 후 복귀를 한 후에 한지혁은 가만히 있지 않았다.
뮤즈로서 음악을 냈고 여러 작업에 참여했다.
그리고 그중 가장 대표적인 게 바로 다즐링과의 작업이

었다.

〈바람의 왕국1〉에 이어 그 뒷내용에 대한 음악을 만드는 건 그에게도 좋은 경험을 안겨 줬다.

특히 벤자민과 많은 대화를 나눴고, 길거리 뮤지컬을 통해 앨범에 들어갈 곡을 완성시켰다.

예전만큼은 아니더라도 한지혁은 부지런히 움직이고 있었다.

예전만큼 많은 음악 활동을 하지 않는다고 해서 그의 열정이 식은 건 아니었다.

신혼 생활 후 지금까지 한지혁이 가진 음악에 대한 열정은 커지면 커졌지, 결코 줄어들 수 있는 게 아니었다.

그럼에도 예전처럼 음악에 미쳐 있지 않는 이유는 하나였다.

그에게 책임져야 할 가족이 생겼다.

한지혁은 기본적으로 자신이 가지고 있는 가장 당연한 권리인, 음악을 할 수 있는 권리를 아주 조금 내려놓고, 대신 자신의 가족을 챙길 수 있는 권리를 누릴 생각이었다.

"한에 대한 얘기로 가득해요. 다들 뮤지컬을 기대하고 있나 보네요."

기사를 이것저것 살펴본 아리엘라는 역시 한이라며 웃으며 말했고 한지혁은 마주 웃어 보였다.

"열심히 준비했으니까요."

한지혁은 자신의 음악에 대한 자신이 있었고 확신이 있었다.

그렇기 때문에 사람들의 반응에 있어 걱정하지 않았다.

대중들이 어떤 반응을 보이던 간에 그가 하는 음악이 바뀌는 일은 없으니까.

"아리엘라."

"네, 한."

한지혁은 여전히 그녀의 머리를 쓰다듬으며 말을 이었다.

"제가 저번에 말했던 거 기억나요?"

"저번에 말했던 거라면…… 곡을 하나 만들자고 했던 거요?"

"네."

한지혁이 고개를 끄덕이자, 아리엘라가 어깨에 기대고 있던 고개를 들었다.

자신을 빤히 바라보는 그녀의 눈빛에 한지혁은 부드럽게 미소를 지었다.

"이번에 만들 곡은 아리엘라의 도움이 꼭 필요해요. 그래서 아리엘라고 도와줬으면 좋겠는데."

그녀에게 말을 하면서 한지혁은 웃음을 감추지 못했다.

말을 이어 갈수록 그녀의 표정이 변해 가는 게 보였고 한지혁은 그 속에서 음악에 대한 열망을 느꼈다.

잠시 음악을 쉬고 있을 뿐이지, 아리엘라는 여전히 음악을 사랑했고 당장이라도 음악을 하고 싶어 했다.

어찌 그녀의 마음을 모를 수가 있을까.

아리엘라의 마음을 충분히 이해하고 있었기 때문에 더더욱 이번 곡은 그녀와 함께해야 한다고 생각했다.

"할게요."

아리엘라의 대답을 들은 한지혁은 웃으며 고개를 끄덕였다.

한지혁은 최대한 그녀에게 맞춰 음악 작업을 할 생각이었다.

그녀가 가진 음악에 대한 열정은 밤낮을 가리지 않고 완성시킬 때까지 강행군을 할 정도였지만.

아리엘라의 열정과는 별개로 그렇게 할 수 있는 상황이 아니었다.

그녀를 무리시킬 생각이 전혀 없었기 때문에, 한지혁은 지금까지와는 다른 일정을 소화해 내야 한다는 걸 알 수 있었다.

하지만 그건 결코 힘든 일이었고 아리엘라와 작업을 하는 그 순간 모두가 행복할 것이라는 건 부정할 수 없는 사실이었다.

"오늘 저녁은 나가서 먹을까요? 간단하게 산책도 하고. 앞으로 어떻게 작업할지도 상의해 봐요."

"좋아요, 한. 안 그래도 나가고 싶었거든요."

그의 말에 아리엘라가 웃으며 말했다.

한지혁은 자리에서 일어나 옷을 갈아입기 위해 움직이는 그녀를 바라보며 미소를 지었다.

음악을 다시 할 수 있기 때문인지, 그녀는 무척이나 행복해 보였다.

"한, 이 옷 어때요?"

"예뻐요."

방을 나온 아리엘라가 자신이 갈아입은 옷을 자랑했고 한지혁은 바로 대답했다.

어떤 옷이든 그녀가 입기만 한다면 매력적이게 된다.

"요즘 공기가 많이 쌀쌀해졌으니까. 겉옷을 하나 걸치는 게 좋을 것 같아요."

겨울에 가까워지는 날씨로 인해 바깥은 점점 추워지고 있었다.

지금 그녀는 매우 가벼운 차림이었고 저대로 나갔다는 감기에 걸릴 거라는 생각에 한지혁은 겉옷을 하나 가져와 그녀에게 걸쳐 줬다.

"고마워요, 한."

그녀의 말에 한지혁은 웃어 보이며 그녀와 함께 걸음을 옮겼다.

아리엘라와 함께 식당으로 향했고 배를 든든하게 채운 뒤, 그녀의 손을 붙잡은 채 런던의 거리를 걸었다.

방금 먹은 음식을 소화시킬 겸, 그녀와 함께 걷는 거리에는 사람들이 바글거리고 있었다.

저녁이 되면서 해가 저물고 밤이 찾아온 길거리에는 가로등이 켜지면서 나름의 운치를 만들어냈다.

"한, 저길 봐 봐요."

앨범에 대해서 생각하고 있던 한지혁은 팔을 툭툭 두드리는 아리엘라의 말에 고개를 돌려 그녀가 가리키는 방향을 바라봤다.

그곳에는 한 가족이 정답게 웃으며 길을 걸어가고 있었다.

"정말 행복해 보이지 않아요?"

"네, 행복해 보이네요."

아리엘라의 말에 한지혁은 동의했다.

아이를 가운데 둔 채 손을 잡고 걸어가는 가족의 모습은 정말로 정다웠고 행복해 보였다.

한지혁은 그들의 표정과 분위기를 살폈다.

아이를 바라보는 부모의 얼굴에는 행복한 미소가 가득 자리하고 있었고 아이는 해맑게 웃고 있었다.

그저 함께 걸어가는 것만으로도 즐겁게 웃고 떠드는 모습을 바라보던 그는, 고개를 돌려 아리엘라를 살폈다.

흐뭇한 미소를 지은 채 가족을 바라보는 그녀의 얼굴이 보인다.

"우리도 나중에 저런 모습이겠죠?"

"네, 우리도 저렇게 행복할 거예요."

"상상만 해도 좋네요. 한과 제 사이에 나온 아이라니."

아리엘라는 아이와 함께 걸어가는 부부를 바라보다 고개를 돌려 한지혁과 눈을 마주쳤다.

그녀의 눈은 매우 반짝이고 있었다.

"아이가 태어나면, 한은 뭐부터 하고 싶어요?"

그녀는 물었고 한지혁은 그 질문에 잠시 상상해 봤다.

아이가 태어난 후, 자신들이 보일 모습들이 어떠할지.

한지혁과 아리엘라는 매일 아이에게 사랑을 속삭이고 아이와 함께 행복한 시간을 보낼 것이다.

매일이 새로운 사건의 연속일 테고 자신은 그 속에서 웃고 있겠지.

그리고 그는 아이에게 들려줄 거다.

"저는…… 우리가 만든 음악을 아이에게 들려주고 싶어요."

자신이 걸어왔던 길을. 그리고 아리엘라와 만나고 난 후의 일들을 음악으로 만들어 아이에게 알려 줄 생각이었다.

아이와 함께 음악을 듣고 웃으며, 지금까지 만들었던 음악들이 어떤 의미를 담고 있는지.

그리고 자신이 음악을 시작하게 된 이유가 무엇인지까지.

"저랑 통했네요."

아리엘라가 한지혁의 품에 안겼고.

한지혁은 그런 그녀를 안으며 저 멀리 걸어가는 가족을 바라봤다.

"아……."

그 순간 그는 머릿속을 가득 채운 악상에 깊게 숨을 내쉬었다.

방금 강한 영감이 떠올랐다.

자신이 만들어 나가고 있는 '가족'이란 앨범에 네 번째 곡으로 어떤 게 들어가야 할지, 방금 확실하게 알 수 있었다.

희미했던 길이 선명해지고 한지혁은 주먹을 강하게 쥐었다.

아리엘라와 방금 한 대화를 통해서 한지혁은 머리가 활짝 열린 기분이었다.

"아리엘라, 우리 제대로 한번 만들어 봐요."

한지혁의 중얼거리는 듯한 말에 고개를 갸웃거리던 그녀는, 이내 그가 한 말의 의미를 파악하고 고개를 끄덕였다.

한지혁은 그녀에게 한 말은 어떻게 보면 자기 자신에게 하는 말이기도 했다.

자신의 모든 걸 쏟아부어 완벽한 앨범을 만들어 보자는 굳은 다짐.

잠시 멈춰 있던 그의 발걸음이 다시 움직이기 시작했고 거리의 가로등이 그들의 발길을 환하게 비춰줬다.

지이잉.

아리엘라의 연주가 서재를 가득 채워 갔다.

한지혁은 그녀의 연주를 들으며 악상을 적어 나갔다.

사각거리는 볼펜의 끄적거리는 소리와 바이올린의 멜로디가 서재를 가득 채우기를 한참.

한지혁이 펜을 놓는 것과 동시에 아리엘라의 연주도 멈췄다.

"한, 여기서는 조금 더 감정을 풀어내는 게 좋지 않을까요?"

"저도 그게 좋을 것 같네요."

아리엘라의 말에 한지혁이 고개를 끄덕이며 키보드를 툭툭 두들겼다.

잠시 동안 대화가 오간 뒤 아리엘라가 다시 활을 들었다.

한지혁은 그녀의 옆에서 피아노로 손을 가져갔다.

다시 시작된 두 사람만의 연주.

그 속에서 한지혁과 아리엘라는 서로 미소를 짓고 있었다.

한지혁은 앨범에 들어갈 네 번째 곡에 대한 작업을 아리엘라와 함께하고 있었다.

네 번째 곡의 주제는 소망.

아리엘라와 함께 런던의 거리를 거닐며 여러 가족을 봤고, 그들을 보면서 행복한 상상을 할 수 있었다.

그는 아리엘라와 자신 사이에서 태어날 아이에 대해 떠올리며 그녀와 함께 아이와 무엇을 할 수 있을지 대화를 나눴다.

한지혁은 자신의 딸에게 해 주고 싶은 게 많았다.

자신과 아리엘라과 걸어온 음악의 길을 보여 주고 들려주기를 원했다.

아리엘라와 어떻게 만나게 되었고, 또 어떻게 사랑을 하게 되었는지.

자신이 음악을 시작하게 된 이유와 음악을 해 가는 와중에 얻게 된 경험들.

그런 것들을 이 곡에 녹여 내어 딸에게 들려주고 싶었다.

그 모든 게 한지혁의 꿈이었고 생각이었으며 소망이었다.

그리고 그런 소망은 한지혁뿐만이 아니라 아리엘라도 가지고 있었다.

그녀는 아이가 태어나고 자신들과 함께 하고 싶은 일들이 무척이나 많았다.

아이와 함께 앞으로 어떤 삶을 살고 싶은지, 그녀는 한지혁에게 털어놓았다.

그녀는 자신의 소망을 보였다.

가족이란 것은 한지혁 혼자서 결정하고 생각할 수 있는 게 아니었다.

아리엘라의 의견이 필요하고 그녀의 생각이 필요하다.

가족이란 혼자서 이루어질 수 없는 것이었기에 더더욱 아리엘라와 함께하는 게 맞았고 한지혁은 그녀와 함께하기를 바랐다.

이번 곡은 가족의 소망을 다루고 있었고 한지혁은 자신의 소망과 아리엘라의 소망을 담을 생각이었다.

그녀의 도움이 없다면 결코 이뤄질 수 없는 작업일 수밖에 없었다.

2시간 가까이 이어진 작업이 끝이 나고 아리엘라가 지친 얼굴로 소파에 앉는 게 보였다.

"수고했어요, 아리엘라."

"한도 고생 많았어요."

그녀와 함께 나란히 소파에 앉은 한지혁은 잠시간 이어진 침묵을 즐겼다.

아무런 말을 하지 않아도 그는 충분히 행복을 만끽할 수 있었다.

오랜만에 그녀와 작업을 했고 그 작업은 더할 나위 없이 순조로웠다.

같이 살아온 세월이 있고 음악적으로 통하는 게 있기에 작업에 있어서 막히는 게 없었다.

아리엘라가 말하지 않아도 한지혁은 그녀가 무엇을 원하

는지 알 수 있었다.

반대로 아리엘라 또한 한지혁이 말하지 않아도 그가 원하는 것을 알았다.

서로의 필요를 알았기 때문에 곡을 만들면서 힘든 일 또한 찾아볼 수가 없었다.

의견이 틀리는 일도 없었고 웃음 속에서 작업을 이어 갈 수 있었다.

한지혁이 그녀와 함께 한 작업에 대해 생각을 하고 있을 때, 아리엘라가 소파에서 일어났다.

그는 걸음을 옮기는 아리엘라의 모습을 가만히 바라봤다.

아리엘라는 부엌으로 들어가 저녁을 준비하려 했다.

"저녁 만들려고요?"

"네, 간단하게 해서 먹는 게 좋을 거 같아서요."

"같이해요."

그녀의 말에 한지혁은 자리에서 바로 일어나 부엌으로 들어갔다.

앨범 작업을 하면서 체력을 많이 소모했을 그녀가 저녁까지 만든다고 하니 한지혁은 걱정이 되어 가만히 있을 수가 없었다.

"그럼 여기 달걀 좀 까 줄래요?"

"물론이죠."

한지혁이 고개를 끄덕이며 말하니, 아리엘라가 웃어 보

였다.

그녀와 함께 한참 저녁을 준비하고 있던 중, 한지혁은 초
인종 소리에 고개를 돌렸다.

"한, 누가 온 거 같은데요?"

"그러게요. 오기로 한 사람이 없는데."

그의 주변 사람들은 아리엘라를 위해서라도 저택까지 직
접 찾아오는 경우가 없었다.

한지혁에게 무언가 용건이 있을 때는 전화를 걸었지, 집을
찾아오지는 않았다.

택배가 온 걸까?

한지혁은 고개를 갸웃거리며 현관으로 걸어갔다.

앞치마로 손의 물기를 닦아 내고는 현관문을 여니, 우편배
달 부 복장을 한 사람이 보였다.

"한지혁 씨 맞으신 가요?"

"네, 제가 한지혁입니다."

우편배달부는 한지혁에게 우편을 건네주고는 그에게 또
다른 종이 한 장을 내밀었다.

"여기다 사인 좀 해 주실 수 있나요?"

"네, 물론이죠. 여기다 쓰면 되는 건가요?"

우편을 받았다는 확인을 하기 위한 사인이라고 생각한 한
지혁은 기꺼이 고개를 끄덕이며 우편배달부에게 펜을 받아
들었다.

"여기다가 사인 해 주시면 됩니다."

"네."

"제 이름은 로버트고요."

"로버…… 네?"

"제가 한의 팬이거든요."

환하게 웃으며 말하는 우편배달부의 모습에 한지혁은 헛웃음을 흘렸다.

문을 닫고 안으로 들어온 한지혁은 자신을 빤히 바라보는 아리엘라를 발견할 수 있었다.

"우편이었어요. 페인힐 씨가 보냈네요."

한지혁은 우편에 적힌 이름을 보고는 이 안에 뭐가 들어가 있을지 유추할 수 있었다.

페인힐이 우편으로 보낼 만한 건 뮤지컬 티켓밖에 없었다.

포장을 뜯어 확인하니, 뮤지컬 티켓 두 장이 있는 걸 확인할 수 있었다.

한지혁이 티켓을 들어 보이니, 아리엘라가 고개를 끄덕였다.

그녀와 함께 저녁을 먹고 소파에 앉은 한지혁은 티켓을 살펴보고는 페인힐에게 전화를 걸었다.

-오! 한, 무슨 일이에요.

"오늘 티켓을 받아서요. 알려 드리려 연락했습니다."

-아. 오늘 도착했군요. 예상보다 조금 늦었네요.

한지혁은 페인힐과 간단하게 안부를 주고받으며 대화를 이어갔다.

─이번에 한이 와 주면 다들 기뻐할 겁니다.

"네, 아리엘라와 꼭 보러 가려고요."

─그래 주면 정말 감사하죠. 안 그래도 배우들이 한이 만든 곡이 너무 좋다고 그래서요. 홍보도 한 덕분에 너무 쉽게 됐고. 이번에 매진도 역대 신기록이었거든요. 이게 전부 한 덕분이죠.

페인힐의 말에 한지혁은 피식, 웃음을 흘리며 아리엘라를 돌아봤다.

아리엘라는 페인힐이 보낸 티켓을 살피며 한지혁의 통화에 귀를 기울이고 있었다.

"좋은 결과가 나왔다니 다행이네요."

─정말 한에게는 감사하다는 말로도 부족한 게 많네요. 영화도 그렇고 뮤지컬까지. 언제 한번 밥이라도 한 끼 하시죠.

"나중에 시간이 되면요."

한지혁은 페인힐과 밥을 먹는 날은 머나먼 날일 거라고 생각이 들었다.

예전처럼 혼자 움직일 수 없는 상황이었고, 앞으로 가족들과 함께 하는 시간을 늘리기로 마음먹은 한지혁이었다.

페인힐과 밥을 안 먹지는 않겠지만, 언제 먹을지는 확실하게 알 수가 없었다.

전화를 끝내고 한지혁은 스마트폰을 소파 앞 탁자에 내려놓았다.

뮤지컬이 열리는 날은 일주일 뒤, 곡이 완성되려면 최소 이틀 이상이 걸린다.

곡이 완성되는 대로 뉴욕으로 향하면 되겠지.

뉴욕에서도 아리엘라와의 추억이 많으니, 미리 가서 구경을 다니는 것도 결코 나쁜 생각이 아니라 생각하며 한지혁은 아리엘라를 바라보며 미소 지었다.

한지혁이 뉴욕으로 간다는 소식이 몇몇 사람들에게 알려졌고.

그 소식을 들은 사람들 중 하나에 킬러퀸 또한 포함되어 있었다.

"로저, 그거 들었어? 한이 이번에 뉴욕으로 온다던데."

"들었지."

브라이언의 말에 드럼 앞에 앉아 있던 로저가 고개를 끄덕였다.

킬러퀸에게 있어서 한지혁은 매우 중요한 사람이었다.

완성하지 못할 거라 생각했던 킬러퀸의 미완성곡을 완성시켜 주었고 자신들을 다시 한번 뭉칠 수 있게 해 줬다.

최근 한지혁이 신혼 생활을 하느라 얼굴을 보지 못했기 때문에 아쉬움을 느끼고 있었던 킬러퀸이었기 때문에.

한지혁이 뉴욕을 온다는 소식은 그들의 마음에 불을 지피게 만들었다.

킬러퀸에게 한지혁은 퀸과도 같은 존재였다.

한지혁으로 인해 뭉친 사람들인 만큼, 그들이 한지혁에 품은 감정은 말로 설명하기도 힘들었다.

1년이 넘게 한지혁을 보지 못했던 만큼, 그들은 한지혁 부족 현상을 겪고 있었다.

"존, 한과 자리를 만들고 싶은데…… 어떻게 생각해?"

"뭘 어떻게 생각해. 당연히 그렇게 해야지."

"역시 존이라면 그렇게 말해 줄 줄 알았어."

킬러퀸은 한지혁을 결코 가만히 두고만 볼 생각이 없었다.

1년 동안 만나지 못했기 때문에, 더더욱 그들은 한지혁과 시간을 보내고자 했다.

한지혁과 자리를 만들어 못다 한 얘기를 하고 싶었다.

킬러퀸은 자신들이 생각하는 대로 행하고자 했고 한지혁도 자신들과의 만남을 거부할 거라 생각하지 않았다.

다만 유일하게 걸리는 게 하나 있다면 그건 바로 아리엘라에 대한 걱정이었다.

"그런데 지금도 한창일 텐데, 괜히 우리가 찾아가서 민폐를 끼치는 거 아니야?"

"그것도 맞는 말이기는 하네. 애를 가졌다고 들었는데, 우리 때문에 문제가 생길 수도 있잖아."

킬러퀸은 한지혁과 아리엘라의 사이에 사랑의 결실이 맺어졌다는 소식을 들었다.

그들 또한 가족이 있기 때문에, 지금 아리엘라에게 신경 쓰게 만드는 게 좋지 않다는 것도 알고 있었다.

그들에게 한지혁이 중요한 만큼, 한지혁이 소중하게 생각하는 사람 또한 킬러퀸에게는 중요한 사람이었다.

그렇기 때문에 그들은 자신들의 결정과 행동이 만들어 낸 결과물에 대해서 걱정을 하게 되었다.

한지혁을 만나고 싶은 건 사실이지만, 그렇다고 민폐를 끼치고 싶은 마음도 없었다.

"그러면 이런 거 어때? 한이 이번에 앨범 작업을 하고 있다고 했잖아."

"그랬지."

"우리가 도와주는 거야. 그런 김에 우리가 작업 중인 곡에도 도움을 받고."

걱정과는 별개로 그들은 반드시 한지혁을 만나고자 했다.

아리엘라에게는 미리 양해를 구해야겠지만, 그들은 이 기회를 결코 포기할 생각이 없었다.

그리고 이왕이면 아리엘라도 함께 보고 싶은 마음이었다.

"아리엘라라면 우리 마음을 충분히 이해해 줄 거야."

"맞아. 그때 보니까 착해 보이더라고. 음악에 대한 열정도 대단하고."

"같이 무대에 섰을 때도 분위기 좋았잖아."

킬러퀸은 예전 한지혁과 함께 있는 아리엘라와 만난 적이 있었다.

상당히 아름다운 사람이었고 음악에 대한 열정이나 재능이 대단한 뮤지션이었다.

빠르게 결정을 내린 그들은 바로 스마트폰을 들었다.

일을 진행하는 데에 있어서 가장 중요한 건 결국 당사자의 의견이었으니까.

－여보세요?

익숙한 목소리가 들린다.

그 목소리에, 킬러퀸은 반가운 웃음을 흘렸다.

반가움과 기대가 섞인 웃음이었다.

뉴욕 거리에 있는 셰이디의 음악 작업실.

"셰이디, 샌드위치 사 왔어."

끼이익, 하는 소리와 함께 문이 열리며 로넬이 안으로 들어왔다.

안으로 들어가 셰이디를 찾던 로넬은, 방음 부스가 설치되어 있는 녹음실에서 랩을 하고 있는 그의 모습을 발견했다.

헤드셋을 낀 채 열정적으로 랩을 하는 셰이디는 동료인 로넬이 보기에도 멋있게 느껴졌다.

　로넬도 음악에 대한 열정이 있지만, 그 열정은 셰이디와 비빌 수 있는 게 아니었다.

　부와 명예를 좇는 그와는 다르게 셰이디는 부와 명예 따윈 음악을 하면서 생기는 부가적인 요소라고 여기고 있었다.

　음악을 할 수만 있다면, 단칸방에서 생활하는 것조차 마다하지 않을 셰이디였고.

　실제로 성공하기 전 셰이디는 매우 궁핍한 환경에서 음악을 하고 있었다.

　그리고 당장 지금만 해도 셰이디는 버는 돈이 많은 것과 별개로 뉴욕 거리에 평범하디평범한 건물에 작업실을 차렸다.

　애초에 셰이디에게는 주변 환경 따위는 아무런 상관도 없었고 음악을 할 수 있는 장소만 있으면 되었으니까.

　로넬은 손에 들고 있던 봉투를 책상 위에 내려놓고는, 녹음실과 연결되어 있는 이어폰을 귀에 꽂았다.

　그 상태로 기계를 조작하니, 이어폰에서 셰이디의 목소리와 반주가 들려왔다.

　ㅡ너는 알고 있니.

　ㅡ네 아버지가 걸어온 길을.

셰이디만이 할 수 있는 랩에 로넬은 입꼬리를 올렸다.

같은 래퍼로서 로넬은 셰이디를 존경하고 있었다.

당장 지금만 해도 셰이디의 랩을 들으며 그는 강한 영감을 얻고 있었다.

셰이디가 내뱉는 한마디, 한마디가 그에게 강한 영감을 주었고 래퍼로서 성장할 수 있는 발판을 만들어 줬다.

로넬이 랩을 들으며 감탄하기를 오래, 녹음실의 문이 열리며 셰이디가 밖으로 나왔다.

그저 랩을 했을 뿐인데 셰이디의 온몸이 땀으로 젖어 있었다.

셰이디는 음악을 하는 데에 있어서 결코 대충하지 않았다.

잠시 만들어졌다가 버릴 곡이라고 하더라도, 만드는 순간만큼은 자신의 모든 최선을 다해서 작업했다.

"왔어?"

"어, 저기 책상 위에 샌드위치 올려놨으니까 가서 먹어."

"잘 먹을게."

로넬의 말에 셰이디가 고개를 끄덕이며 걸음을 옮겨 책상 앞으로 다가갔다.

책상과 함께 있는 의자에 앉으며 검은 봉투를 열어 샌드위치를 하나 꺼냈다.

유명 브랜드는 아니지만, 셰이디가 아는 샌드위치 매점 가장 맛이 있는 식당의 것이었다.

셰이디는 포장을 뜯어 샌드위치를 한입 물고는 입을 우물 거렸다.

그가 멍하니 샌드위치를 먹고 있으니, 로넬이 걸음을 옮겨 그의 앞에 자리를 잡고 앉았다.

"아까 불렀던 거, 이번에 새로 작업하고 있던 곡 맞지?"

로넬의 물음에 셰이디는 입을 우물거리며 고개를 끄덕였 다.

한지혁과 작업이 끝나는 대로 뉴욕으로 돌아와 작업하기 시작했던 곡이다.

한지혁과 작업을 하면서 느꼈던 영감을 온전히 녹여 낸 곡 이었고 그에게 반드시 들려주고 싶은 음악이었다.

그렇기에 셰이디는 잠도 줄여 가면서 작업에 매진하고 있 었다.

"한이 뉴욕에 오기 전에 완성해야 한다고 들었는데. 가능 할 것 같아?"

"가능해. 불가능해도 가능하게 만들 거야."

셰이디는 한지혁이 뉴욕에 온다는 소식을 들은 이후로 더 더욱 작업에 박차를 가했다.

그는 지금 작업하는 이번 곡을 한지혁이 뉴욕에 올 때 들 려줄 생각이었다.

앞으로 일주일.

그 시간이 지금 셰이디에게 남은 시간이었고.

셰이디는 그 시간 동안 부지런히 움직여야 하는 상황이었다.

"그래도 어느 정도 완성이 되긴 했잖아."

"응, 이번에 느낌이 강하게 와서 작업하는 데에 막히는 게 없었으니까."

셰이디는 고개를 끄덕이며 자리에서 일어났다.

손에 들고 있던 포장지를 책상 위에 던지듯이 내려놓은 그는 물로 입을 헹구며 녹음실 안으로 들어갔다.

기한 내에 음악을 만들기 위해서 가만히 앉아 있을 시간도 없었다.

셰이디는 헤드셋을 쓰며 음악을 이어갔다.

이른 아침부터 한지혁은 부지런히 움직였다.

그는 음악 작업을 끝내고 뉴욕에 가기 위해서 짐을 챙기는 중이었다.

뉴욕에 가는 김에 구경도 하고 오랜만에 여러 얼굴도 만나야 했기에, 일주일 이상을 뉴욕에 있을 것 같았다.

거기다 한지혁 개인의 것만이 아니라, 아리엘라의 짐도 같이 챙기다 보니 그 분량이 상당했다.

당장 한지혁의 시야에 들어온 짐만 해도 여행 가방이 네 개가 넘어갔다.

결혼 이전에 한지혁은 어딘가에 싶으면 속옷 몇 벌과 옷 몇 벌 챙기는 게 전부였다.

옷이나 다른 생필품들은 현지에서 조달하자는 생각이었고 음악을 할 수 있기만 하면 된다고 생각했기에, 평소 다른 지역으로 향하는 한지혁의 짐은 무척이나 단출했다.

하지만 아리엘라의 짐은 한지혁만큼이나 단출하지 못했다.

챙겨야 할 게 많았기에 덩달아 짐도 자연스럽게 늘어났다.

한지혁은 현관 앞을 가득 채운 짐 꾸러미를 보며 묘한 표정을 지었다.

'차에 다 실리기는 하려나?'

짐을 옮기는 거야 백경태가 도와준다고 하니 큰 걱정은 없지만, 저 많은 짐이 차 하나에 다 실릴지는 의문이었다.

부디 백경태가 큰 차를 끌고 와야 할 텐데.

"한, 이것 좀 도와주실래요?"

"네. 아리엘라, 지금 가요."

방에서 들려오는 아리엘라의 목소리에 한지혁은 걱정을 뒤로한 채 걸음을 바삐 움직였다.

그래 짐이 많다고 해도 아무렴 어떨까.

한지혁은 아리엘라와 함께 뉴욕에 갈 수 있다는 사실에 초점을 맞췄다.

"뉴욕에는 오랜만에 가는 거 같아요."

짐을 챙기는 아리엘라의 표정에서는 기대감을 숨길 수가 없었다.

그녀는 뉴욕에 간다는 사실에 기대하고 즐거워했다.

"우리 뉴욕에 가면…… 그곳에도 한번 가 봐요. 한과 함께 연주했던 곳 말이에요."

아리엘라는 한지혁과 뉴욕에서 가졌던 추억을 떠올리며 미소 지었다.

그 미소를 마주하며 한지혁도 웃어 보였다.

그녀의 들뜬 모습을 모습에 한지혁은 진즉에 그녀와 함께 뉴욕을 찾아갈 것 그랬다는 생각을 가졌다.

이렇게 좋아할 줄 알았다면, 뉴욕에 같이 가지 않을 이유가 없는데.

'내가 너무 무심했어.'

한지혁은 조금 더 아리엘라에게 신경을 쓰자고 생각하며, 그녀가 짐을 챙기는 것을 도와줬다.

-백경태 : 지금 내려오면 될 것 같아.

짐을 다 챙기고 잠시 쉬고 있던 한지혁은 백경태의 연락에 자리에서 일어났다.

"그럼 갈까요?"

"네."

한지혁의 말에 아리엘라가 환한 미소를 지으며 고개를 끄덕였다.

짐을 챙겨 밑으로 내려가던 한지혁은 집 앞에 정차되어 있는 차를 하나 발견했다.

9인승 차량이었기에 한지혁과 아리엘라가 챙긴 짐도 충분히 수용이 가능해 보이는 크기였다.

"지혁아."

차에 기대어 있던 백경태가 집을 나오는 한지혁을 발견하고는 다가왔다.

백경태를 본 한지혁은 반가운 미소를 지었다.

그는 최근 아리엘라와 함께 시간을 보내다 보니, 다른 사람들을 잘 만나고 다니지 않았다.

한지혁의 일상 대부분이 집에 있는 것이었고 가끔 아리엘라와 함께 산책을 나가는 게 외출의 전부였다.

그는 자신이 집에만 있어야 한다고 해서 불만을 가지지 않았다.

불만을 가질 새도 없이 한지혁은 아리엘라와 함께 하는 매 순간이 행복의 연속이었으니까.

"짐이 상당히 많다?"

"응. 좀 많아."

백경태의 도움을 받아 차에 짐을 전부 싣고 나서야 한지혁은 잠시 숨을 돌릴 수 있었다.

"오랜만입니다."

"네, 안녕하세요. 잘 지내셨죠?"

백경태와 아리엘라가 안부를 주고받는 모습을 보며 한지혁은 스마트폰을 꺼냈다.

그가 뉴욕을 간다는 소식이 알려지기 무섭게 사방에서 전화가 왔고 그중에는 반가운 사람들이 많았다.

　－셰이디 : 오늘 온다고 했지?

　－로저 : 오면 문자 한번 해 줘.

셰이디에게서 온 문자와 그리고 그 외 사람들에게서 온 연락.

한지혁은 지금도 차곡차곡 쌓이는 문자를 보며 희미하게 미소 지었다.

"지혁아, 이걸 짐 다 챙긴 거지?"

"음."

백경태의 말에 스마트폰을 주머니에 집어넣은 한지혁은 트렁크에 실린 짐들을 살펴봤다.

"아, 형. 잠시만……. 나 챙길 게 하나 있어서."

"알았어. 기다리고 있을 테니까 천천히 갔다 와."

한지혁이 고개를 끄덕이며 집으로 향했다.

그는 걸음을 옮겨 서재로 들어갔고 케이스에 담긴 바이올린을 살폈다.

뮤지컬을 보러 가는 것이었기에 바이올린을 켤 일이 생길까 하는 생각도 들었지만, 한지혁은 주저하지 않고 바이올린을 챙겼다.

'사람 일은 모르는 거니까.'

한지혁의 예상에 없던 일이 일어날 수 있는 게 현실이었다.

뉴욕에 가서 어떤 일이 일어날지 모르는 일이기에, 바이올린을 챙기는 행동이 나쁜 건 아니었다.

"바이올린?"

"응, 혹시 몰라서."

한지혁이 들고 온 바이올린에 백경태가 의문을 보였다.

그것도 잠시 차에 올라타는 한지혁을 바라보는 백경태의 눈빛이 깊어졌다.

생각에 잠겨 있던 백경태는 스마트폰을 들었다.

사각사각.

비행기 안, 한지혁은 노트에 악상을 끄적거리고 있었다.

아리엘라가 어깨에 기댄 채 자고 있었기 때문에 그녀가 깨지 않게 최대한 몸의 움직임을 죽인 채.

그는 머리를 가득 채우는 악상을 차분하게 노트에 풀어 냈다.

뉴욕까지 가는 동안 잠시 잠을 청해도 되지만 도저히 잠이 오지 않았고, 한지혁은 그 시간을 무의미하게 버리고 싶지 않았다.

그가 펜을 끄적거리는 소리만이 공간을 가득 채우기를 한참.

　─승객 여러분······.

도착을 안내하는 방송이 들려오고 한지혁은 여전히 잠을 청하고 있는 아리엘라를 조심스럽게 깨웠다.

"도착했어요?"

"네, 방금 도착했어요."

한지혁의 대답에 아리엘라가 기지개를 켜며 잠을 쫓아냈다.

아리엘라와 함께 비행기에서 내린 한지혁은 얼마 걷지 않아 마중을 나온 페인힐을 발견할 수 있었다.

"한! 여기입니다!"

페인힐은 한지혁을 보며 무척이나 반가운 얼굴을 보였다.

"아리엘라도 오랜만이네요."

페인힐은 한지혁뿐만이 아니라 아리엘라에게도 매우 반갑게 말을 걸어왔다.

그것도 잠시 주변에서 느껴지는 시선에 페인힐이 자리를 옮기자고 말했고, 한지혁과 아리엘라도 바로 고개를 끄덕였다.

"일단 움직일까요?"

"네."

페인힐이 앞장섰고 그 뒤를 한지혁과 아리엘라가 따라갔다.

백경태는 짐을 챙겨 호텔로 옮겨주겠다고 말을 하고는 자리를 떠났다.

"한과 아리엘라가 이렇게 와 줘서 얼마나 고마운지 몰라요. 이번 뮤지컬은 두 사람에게 꼭 보여 주고 싶었거든요."

페인힐은 신이 난 얼굴로 말을 이어 갔다.

"한이 작업해 주고 간 곡이 너무 좋더라고요. 배우들이나 관계자들 전부 감탄을 아끼지 않았을 정도라니까요?"

"다들 좋아해 주니 저도 좋네요."

"단순히 좋다 이상이죠. 이번 뮤지컬은 기대를 해도 좋아요. 역대 최고의 무대가 될 테니까요."

페인힐의 자신감 넘치는 모습에 한지혁은 눈을 반짝였다.

페인힐이 이렇게까지 장담을 할 정도면 충분히 기대를 해 볼 만했다.

바람의 왕국 두 번째 이야기의 뮤지컬.
한지혁은 벌써부터 기대가 되었다.

한지혁의 뮤지컬, 곧 개봉한다.
점점 높아지는 사람들의 기대감.
한지혁, 그의 능력은 어디까지인가.

기자들이 우후죽순 기사를 써 내려 나가고.
거기에 맞춰 대중이 반응했다.

　－지혜롭잖아 : 한지혁이 음악 작업에 참여한 뮤지컬이라 바로
보려고 했는데. 무슨 예매 시작하자마자 매진되더라. 한지혁이 괜
히 한지혁은 아니네.
　－어쩌라고 : 솔직히 전 세계 사람들이 예매에 참여했을 텐데, 순
식간에 매진되는 건 당연하지. 억이 넘는 사람들이 참여했을 거니
까.
　－금사랑해 : 진짜 아쉽기는 해. 나도 예매해 보려고 했는데, 이게
쉽지가 않더라. 예약도 걸어 놨는데, 대기 줄이 백만 명이 넘더라ㅋ
ㅋㅋㅋㅋ 이번에도 한지혁이 한지혁 한 거지, 뭐.

뮤지컬의 개봉일이 다가올수록 사람들의 반응 또한 뜨겁게 달궈졌다.

사람들이 뮤지컬에 거는 기대는 굉장히 높았다.

바람의 왕국에서 보여 준 모습이 있었고, 이제 그 두 번째 이야기를 선보이는 거다.

대중은 바람의 왕국을 보면서 열광했었고 영화에서 나오는 음악을 들으며 환호했었다.

그리고 그 음악을 만들었던 한지혁이 이번 뮤지컬 음악 작업에도 참여를 했다는 건 유명한 일.

사람들의 기대심이 커지는 건 당연한 일이었다.

떴다!

바람의 왕국 뮤지컬 개봉한다는 소식 듣고 한 달 동안 존버 타다가 ㄹ○ 예매 열린 것과 동시에 바로 눌렀는데.

시바, 떴다고.

예매 성공했다.

한 장도 아니고 두 장.

와, 진짜 내 생의 모든 운을 다 끌어다 쓴 느낌이다.

주작이라고 하는 놈들이 있어서 증거 사진도 첨부한다.

내 생에 이런 날이 올 줄 몰랐다.

─이리오시오 : 와, 미친……. 이걸 성공한 사람이 있네. 도대체

몇 퍼센트 확률을 뚫고 들어간 거야? 응모한 사람만 최소 천만 단위일 텐데…… 진짜 그 정도면 평생의 운을 다 끌어다 쓴 게 맞는 거 같긴 하네.

　─포트폴리오 : 선생님, 저랑 함께 가시죠. 제가 뮤지컬 보는 게 평생의 소원이었습니다. 제발 저랑 보러 가시죠. 선생님. 제가 비행기값하고 숙소비도 전부 제공하겠습니다. 제발 저를 데리고 가 주세요.

　─네오 : 같이 보러 갈 사람 없으면 그냥 표 한 장 나한테 팔면 안 됨? 원가보다 두 배, 아니 열 배로 삼. 무조건 살게!

　한지혁에 대한 인기 때문일까.

　표를 얻게 된 사람들을 축하하는 사람이 있다면, 그 표를 사려고 하는 사람들도 존재했다.

　그만큼 이번 뮤지컬을 보고 싶어 하는 사람이 많다는 거였다.

　한지혁은 지금까지 단 한 번도 기대를 저버린 적이 없었기에 사람들의 기대도 컸다.

　언제나 기대 이상의 무언가를 해낸 한지혁이었기 때문에.

　사람들은 이번 기회를 놓치고 싶지 않아 했고 그렇기 때문에 어떤 방법을 사용해서든 뮤지컬을 보고자 마음먹었다.

　　근데 이번 뮤지컬에 한지혁이 오려나?

그래도 한지혁이 제작한 음악인데.

프로듀싱을 한 사람으로서 자신이 작업한 음악을 공연한다는데 안 가는 것도 말이 안 되잖아.

솔직히 올 것 같긴 한데, 그럼 뮤지컬 보러 간 사람은 한지혁을 실물로 볼 수 있는 건가.

지리기는 할 것 같다.

한지혁, 지금 월드 스타잖아.

얼굴 보기 쉽지 않은데, 한지혁을 실제로 보게 되면 엄청 감격스러울 거 같은데.

뮤지컬 당첨된 사람들 ㅈㄴ 부럽다.

─자두사이다 : 이건 전혀 생각해 보지 못했던 일이네. 그런데 들어 보면 또 틀린 말은 아니기는 해. 한지혁도 뮤지컬 직관하고 싶을 텐데. 어떤 식으로든 와서 뮤지컬을 보지 않을까? 다즐링 측에서도 한지혁이 뮤지컬을 볼 수 있게 자리를 마련할 것 같기도 하고.

─포도밤 : 한지혁이 뮤지컬 보러 오면 지리기는 하겠다. 요즘 한지혁, 신혼 생활한다고 얼굴 비치지도 않았잖아. 음악은 냈지만, 얼굴은 보이지 않았으니까. 이번에 한지혁 뜨면 제대로 난리나기는 하겠네.

─인생94 : 한지혁이 온다는 건 아리엘라도 온다는 거 아닐까? 그래도 둘이 부부인데 절대 혼자서 안 움직일 거 아니야. 아리엘라도 함께 움직일 게 분명하고. 그럼 뮤지컬에 간 사람들은 한지혁하

고 아리엘라를 동시에 볼 수 있다는 거네. 제대로 미치기는 했다.

　사람들은 단순히 뮤지컬에 대한 기대감만 보이지 않았다.
　뮤지컬장에서 한지혁을 볼 수 있게 되지 않을까 하는 기대
도 했고.
　어쩌면 한지혁이 무대에 서 주지 않을까 하는 기대도 했
다.
　그들은 한지혁의 음악을 가까이서 느끼고 싶어 했고 그만
큼 그의 음악을 사랑하고 기대하고 있었다.
　사람들의 기대가 점점 커져가고 있을 때, 한지혁은 아리엘
라와 함께 쉬고 있었다.
　스마트폰을 통해 기사들과 사람들의 반응을 살펴보던 한
지혁은 피식 웃음을 흘렸다.
　사람들의 기대가 점점 커지고 있다는 걸 확실하게 알 수
있었고.
　보통 이 정도로 기대를 받게 된다면 사람인 이상 긴장을
하게 되는 것도 그리 이상한 일이 아니었다.
　하지만 한지혁은 사람들이 과한 기대를 하고 있다고 해서
위축되거나 긴장을 하지 않았다.
　그는 자신의 음악에 대한 확신이 있었고 사람들의 기대를
충족시킬 수 있을 거라는 자신이 있었다.
　그렇기 때문에 그는 태연하게 있을 수 있었다.

지금까지 그래 왔듯이 앞으로도 한지혁의 행보는 달라지지 않을 테니까.

⌐⊙⊙⊐

사람들의 반응을 살펴보고는 스마트폰을 내려놓으려던 한지혁은 화면을 건드리는 아리엘라의 손길에 멈칫거렸다.

그녀는 한지혁의 품에 안긴 채 손가락만 움직여 화면을 넘겼다.

"사람들이 다들 한의 음악에 기대를 하고 있네요."

"네, 감사한 일이죠. 제 음악을 좋아해 주는 건데."

아리엘라의 말에 한지혁은 미소를 지은 채 고개를 끄덕였다.

음악에 대한 자신감이 있는 것과 별개로 한지혁도 자신의 음악을 칭찬 받으면 기분이 좋아졌다.

그에게 음악은, 어떻게 보면 자식과도 같은 존재였다.

부모로서 자신의 자식이 칭찬받는데 어찌 기쁘지 않을 수가 있을까.

한지혁은 뿌듯함을 느꼈고, 그런 그의 감정을 같이 느꼈는지 아리엘라도 미소를 보였다.

결국 그들은 운명 공동체였다.

한지혁이 기쁨을 느끼면 아리엘라도 기뻐하고 아리엘라가

기뻐하면 한지혁도 기뻐한다.

그들은 서로의 마음을 누구보다 잘 이해하고 있었다.

"한의 뮤지컬이라…… 벌써부터 기대가 되어요."

아리엘라의 말에, 한지혁은 묘한 얼굴을 해 보였다.

바람의 왕국 뮤지컬이 한지혁의 것이라고 할 수는 없었다.

그가 한 거라고는 음악을 프로듀싱을 한 게 전부였기 때문에, 한의 뮤지컬이란 말은 과하다고 볼 수 있었지만.

한지혁은 군이 그녀의 말을 고치려 하지 않았다.

아리엘라라고 해서 그 사실을 모르지 않았으니까.

그리고 바람의 왕국의 유명세 중 한지혁의 이름값도 포함되어 있다는 것도 부정할 수 없는 사실이었다.

그렇기 때문에 한지혁은 웃으며 그녀와 대화를 나눴다.

"배우들이 조금 걱정되기는 하네요. 너무 부담될 것 같은데, 잘할 수 있으려나……?"

"음."

그녀의 말에 한지혁은 잠시 고민했다.

아리엘라의 걱정은 결코 과하지 않았고 한지혁도 그 부분에 있어서 조금 걱정을 하고 있었다.

물론 다즐링과 뮤지컬을 준비하는 배우들은 전부 프로들이다.

여러 환경 속에서 대중의 관심을 받기도, 받지 못하기도 하며 연기를 하던 이들.

당연히 '어련히 잘하겠지.'라는 생각도 있었지만...

사람들의 시선이 정말 많이 쏠려 있는 상황이기에 한지혁 자신이 연기를 한다고 해도 긴장이 될 것 같았다.

배우들이 최대한 부담 가지지 않고 잘해 내서, 무대가 부디 무사히 끝났으면 좋겠다는 마음이 컸다.

페인힐도 상황을 알고 있었고, 그는 배우들의 연습에 있어서 더욱 심혈을 기울였다.

사람들의 관심 속에서 실수라도 하는 순간 일은 걷잡을 수 없게 될 테니까.

다즐링도, 한지혁도, 배우들도 전부 비난을 받게 될 수도 있는 상황.

한지혁은 그들을 위해 자신이 할 수 있는 게 없을지 고민했다.

그리고 그 고민은 길지 않았다.

"우리 뮤지컬 보기 전에 배우들 한번 보러 갈래요?"

"한과 함께라면 뭐라도 좋아요."

한지혁의 제안에 아리엘라가 미소를 보이며 답한다.

미리 한번 찾아가서 긴장을 풀어 주는 것도 나쁘지 않을 것 같다는 생각에 한 말인데, 다행히 아리엘라도 비슷한 생각이었던 것 같았다.

그녀는 흔쾌히 한지혁의 제안을 수락하고는, 스마트폰으로 시간을 확인한 다음 말을 이어 나갔다.

"한, 우리 저녁은 나가서 먹지 않을래요? 모처럼 뉴욕에 왔으니 구경도 하고 싶어요."

"그렇게 해요. 안 그래도 저도 아리엘라와 함께 거리를 걷고 싶었거든요."

한지혁이 미소를 지으며 하는 말에 아리엘라가 활짝 웃음을 보였다.

그녀의 웃음을 마주한 한지혁은 슬쩍 시간을 확인하고는 침대에서 일어났다.

어느새 시간은 다섯 시를 넘어가고 있었고 지금부터 준비를 하고 나가면 딱 저녁 시간이다.

저녁을 먹고 산책도 하려면 조금 서둘러야했다.

아리엘라가 외출 준비를 하기 위해서 자리에서 일어나고.

한지혁은 아까부터 재생되고 있던 음악의 장르를 바꿨다.

클래식에서 재즈로 바뀐 음악이 한지혁과 아리엘라의 기분을 흥겹게 만들었다.

식당에서 배를 채우고 나온 한지혁은 아리엘라와 손을 붙잡은 채 뉴욕의 거리를 돌아다녔다.

밤이 찾아온 거리에는 조금씩 사람들이 줄어들고 있었다.

길거리 공연을 하던 사람들도 악기를 정리하고 자신의 집으로 돌아갔고.

사람들도 발 바쁘게 움직여 집으로 향했다.

한지혁은 그런 그들의 모습을 바라보며 조용히 걸음을 옮겼다.

"한, 저기 기억나요? 예전에 가면을 쓰고 연주를 했었잖아요."

"네, 기억나네요. 그때 재미있었죠."

한지혁은 아리엘라와 함께 거리를 돌아다니며 자신들만의 추억을 떠올렸다.

행복한 시간이었고 음악에 대한 열정이 매우 넘쳤던 시기였다.

아리엘라를 알게 되었고 그녀와 함께 음악을 하게 되었다.

한지혁이나 아리엘라에게 있어 그때의 시간은 억만금을 주더라도 바꿀 수 없는 시간이었다.

'그땐 우리가 아이를 가지게 될 거라고 생각하지 못했는데.'

한지혁은 아리엘라와 추억을 되새기며 미소를 지었다.

생각해 보면 아리엘라와 처음 만난 순간부터가 평범하지 않았다.

눈을 마주친 그 순간, 다른 어떤 사람들에게도 느끼지 못했던 강렬한 감정을 느꼈다.

그리고 음악을 하면서 감정은 점점 사랑으로 바뀌게 되

었고.

서로를, 서로의 음악을 사랑하게 되었다.

한지혁 자신이 만약 아리엘라를 만나지 않았다면 어떤 삶을 살았을까.

'상상이 안 되네.'

아리엘라가 아닌 다른 사람이 자신의 옆에 있는 것은 상상할 수 없었고, 상상하고 싶지도 않았다.

한지혁은 고개를 흔들어 상념을 털어 냈다.

아리엘라와 함께 길을 걷던 한지혁은 숙소로 돌아갈 무렵, 한 통의 전화를 받았다.

매우 익숙한 사람들의 목소리.

—한, 뭐 하고 있어?

반가운 이의 목소리에 한지혁의 입가에 부드러운 미소가 지어졌다.

chapter. 4

-지금 뉴욕에 도착한 거야?

차를 통해 숙소로 이동하며 한지혁은 킬러퀸과 통화를 이어 가고 있었다.

킬러퀸에서 드럼을 맡고 있는 로저의 목소리가 가장 먼저 들려왔다.

-오, 한. 뉴욕에 도착했구나.

그 뒤로는, 기타를 맡은 브라이언.

이어 존의 목소리까지 들려왔다.

한지혁은 반가운 목소리들을 들으며 절로 미소를 지었다.

그의 인생에 있어서 킬러퀸은 떼어 낼 수가 없는 사람들이었으니까.

그들과 함께 한 시간들은 한지혁에게 음악가로서 한층 성장할 수 있는 계기와 기회를 만들어 주었다.

킬러퀸과 음악을 작업하면서 한지혁은 즐거웠고 행복했다.

음악이라는 공통된 관심사 속에서 만들어진 음악은 지금도 세상에 빛을 보이고 있는 중이었다.

-한, 뉴욕에는 얼마나 있을 거지?

로저의 물음에 한지혁은 바로 대답하지 않고 잠시 고민했다.

그와 아리엘라가 뉴욕에 온 이유는 페인힐이 보낸 티켓의 뮤지컬을 보기 위해서였다.

음악 작업에 한지혁이 직접 참여했기 때문에 뮤지컬을 보지 않을 이유가 없었다.

뮤지컬을 보러 갈 겸, 아리엘라와도 즐거운 시간을 보내기 위해서 한지혁은 뉴욕에 왔다.

하지만 뉴욕에서 얼마나 있을지 자세한 일정은 잡지 않았다.

예전처럼 일에 쫓기듯 사는 것도 아니었고, 한지혁은 여유를 가진 채 움직이려 하고 있었다.

아리엘라와 뉴욕에 있다가 슬슬 돌아가야겠다는 생각이 들 때 돌아가면 되는 일.

자세한 일정은 없었지만, 그래도 말해 줄 수 있는 게 있다면…….

"못해도 일주일 이상은 있을 것 같네요."

-일주일?

"네."

뮤지컬을 보고 뉴욕을 구경할 것을 생각한다면.

아리엘라와 함께 뉴욕에서 일주일 정도의 시간을 보낼 수 있지 않을까.

잠시 고민하던 한지혁은 자신의 생각을 이야기했고, 그의 말에 킬러퀸이 저들끼리 대화를 나누는 이야기가 들려왔다.

-일주일 동안 있겠다고?

-뮤지컬이 언제였지? 4일 뒤에 있는 거 아니야?

-그러면 괜찮지 않을까?

한지혁은 그들이 본론을 꺼낼 때까지 기다리며 슬쩍 옆에 앉아 있는 아리엘라를 살폈다.

그녀의 눈이 자신을 빤히 바라보고 있는 게 보였다.

그녀는 입 모양만으로 한지혁과 통화 중인 사람들이 누구인지 물어보았다.

'킬러퀸요.'

한지혁이 아리엘라에게 작게 속삭이자 그녀가 이해했다는 듯이 아, 하고 고개를 끄덕였다. 그녀도 한지혁과 킬러퀸의 관계가 돈독하다는 걸 알고 있었다.

아리엘라가 손깍지를 껴 오는 손길에 한지혁은 미소를 지었고.

-그럼…… 한, 뮤지컬이 끝나고 한번 만나면 좋을 것 같은데. 시간 좀 내 줘.

스마트폰을 통해 들려오는 로저의 목소리에 다시 전화에 집중했다.

킬러퀸은 한지혁에게 만날 수 있도록 약속을 잡자고 말하고 있었다.

그들의 말에 한지혁은 고민을 하지 않을 수가 없었다.

그가 뉴욕을 찾은 이유는 뮤지컬을 보면서 아리엘라와 평화로운 시간을 보내기 위해서였다.

분명 킬러퀸과의 시간도 즐겁겠지만, 지금은 아리엘라와의 시간이 더 중요했다.

음악과 관련해서 꼭 필요한 게 아니라면, 한지혁은 아리엘라와의 시간을 방해받고 싶지 않았다.

그가 어떻게 거절을 해야 하나 고민을 하고 있을 때였다.

-앨범과 관련해서…… 한, 네 의견이 꼭 필요해.

존의 목소리에 한지혁은 멈칫거렸다.

그냥 얼굴을 보기 위해서 찾는 게 아니라, 앨범을 위해서 자신을 찾는 것이라면…… 거절이 어렵다.

그는 힐끗, 아리엘라를 바라보았다.

아리엘라가 가볍게 미소를 보였다.

킬러퀸의 앨범이라면 말이 달라진다는 걸, 한지혁도, 아리엘라도 너무 잘 알고 있었다.

한지혁이 어떻게 해야 할지 고민하고 있을 때였다.

"가요."

"네?"

"앨범이라고 하잖아요. 킬러퀸의 앨범."

전화 소리를 들었는지 아리엘라의 작은 속삭임에 한지혁은 고개를 끄덕였다.

아리엘라가 가라고 말을 하는데 가지 않을 이유도 없다.

"어느 정도라면 시간을 낼 수 있을 것 같네요."

-오! 그러면 바로 일정을 잡지. 다들 한을 보고 싶어 하거든.

"네."

한지혁은 킬러퀸과 상의한 끝에 일정을 잡을 수 있었다.

뮤지컬이 끝나고 며칠 뒤, 그가 킬러퀸의 작업실을 찾기로 결정되었다.

중간중간 아리엘라의 의견을 물으며 만들어진 일정.

-그럼 그때 보지.

"네."

킬러퀸의 전화를 끊은 뒤, 한지혁은 옅게 한숨을 내쉬었다.

설마 뉴욕에까지 와서 누군가의 음악 작업을 도와주게 될 거라고는 생각하지도 못했다.

곡을 만들기 위해서 뉴욕에 온 것도 아니고 그저 뮤지컬을 보기 위해서 온 뉴욕이었다.

일주일 정도 뉴욕에 있다가 돌아갈 일정이었는데, 그 일정에 킬러퀸과의 작업이라는 일정이 하나 더 생겨 버렸다.

그게 결코 나쁘다는 건 아니었지만.

그는 뉴욕에 와서까지 다른 사람과 함께 해야 하는 일정에, 아리엘라에게 미안한 마음이 생겨났다.

한지혁에게 약속이 잡힌다는 건, 곧 아리엘라와 함께하는 시간이 줄어든다는 거였으니까.

"다들 한이 와서 좋은가 봐요."

아리엘라의 말에 한지혁은 그저 미소만 지어 보였다.

한지혁의 마음과는 별개로 아리엘라는 뉴욕에 와 있다는 것만으로도 순수하게 행복한 모습이었다.

그녀는 한지혁이 바쁜 걸 보면서도 서운하게 느끼지 않았다.

음악에 있어 한지혁이 어떤 위치에 있는지 누구보다 잘 알고 있던 아리엘라였고.

그렇기 때문에 한지혁을 보며 늘 자랑스러워하고 있었다.

무엇보다 한지혁이 항상 자신을 신경 쓰고 있다는 것을 알고 있기 때문에.

그것만으로도 아리엘라는 만족하고 있었고 행복을 느낄 수 있었다.

"한, 우리 맛있는 거 먹으러 가요."

"좋아요. 아리엘라."

아리엘라의 미소에 한지혁도 금방 마음을 푼 채 대화를 이어 나갈 수 있었다.

아리엘라만 괜찮다면 한지혁은 아무래도 좋았다.

뮤지컬을 보기 전 무엇을 할지 아리엘라와 함께 일정을 잡고 있을 때.

한지혁의 스마트폰이 다시 한번 울리기 시작했다.

킬러퀸과 전화를 끝낸 지 오래 지나지 않은 시점이었다.

그는 스마트폰을 들어 화면을 확인했고.

"지현 씨네요?"

아리엘라의 말에 고개를 끄덕였다.

이지현에게서 온 전화.

과연, 이번에는 또 무슨 일일까.

한지혁이 잡은 숙소에서 그리 멀지 않은 곳에 있는 인근 카페.

사람들도 많이 없는 그곳에 한지혁과 아리엘라, 그리고 이지현이 한자리에 모여 있었다.

"오빠, 얼굴 좋아 보인다? 행복해 보이네."

아리엘라와 딱 붙어 앉아 있는 한지혁을 향해 이지현이 웃으며 말을 걸어왔다.

그녀의 말에 한지혁은 고개를 끄덕였다.

"행복하지. 지현이 너도 결혼하면 내 마음을 이해할 수 있을 거야."

"글쎄…… 다른 사람들을 보면 막 엄청 행복해 보이지는 않던데.”

이지현은 한지혁의 말에 고개를 저었다.

그녀라고 해서 결혼을 생각해 보지 않은 건 아니었다.

한지혁이 신혼 생활 중 가끔 연락해 전해 온 소식들을 들으며, 결혼에 대한 환상을 품기도 했다.

한지혁과 아리엘라의 결혼 생활을 보면 무척이나 행복해 보였으니까.

하지만 다른 부부들의 모습과 경험담을 들을수록 그때 가졌던 신혼 생활에 대한 환상이 깨졌다.

이지현은 모든 부부가 한지혁처럼 행복할 수 있는 게 아니라는 걸 알게 되었고.

“오빠가 잘하는 거지. 다른 사람들이라고 전부 행복한 건 아니니까.”

“뭐라고 했어?”

“그냥 혼잣말.”

고개를 젓는 이지현의 모습에 한지혁이 피식, 웃음을 흘렸다.

오랜만에 만난 이지현은 마지막에 봤을 때와 그리 달라진 게 없는 모습이었다.

시간이 흘러도 변함이 없는 그녀의 모습을 보면, 한지혁은 저도 모르게 웃음이 나올 때가 있었다.

“아리엘라, 몸은 좀 어때요? 아이를 가지고 나면 많이 힘들다던데, 오빠가 잘해 주기는 해요?"

"아직 크게 힘든 건 없어요. 한도 언제나 잘해 주고 있고요. 저를 잘 챙겨 주는걸요."

"하긴 지혁 오빠가 사람 챙기는 거 하나는 잘했으니까."

이지현의 물음에 아리엘라가 대답을 했고, 두 사람은 웃으며 대화를 이어 나갔다.

그 모습을 보며 한지혁은 흐뭇하게 미소를 지었다.

처음에는 어색함을 느꼈던 이지현과 아리엘라는 시간이 흘러 지금 와서는 많이 친해져 있었다.

한지혁이 이지현과 통화를 할 때면 아리엘라도 종종 그녀에게 직접 말을 전하고는 했다.

그렇다 보니 직접 마주한 지금 아리엘라와 이지현의 대화 속에서 어색함을 찾아볼 수가 없었다.

"그런데 딸이 태어나면, 내가 언니 되는 건가?"

"나이 차이가 얼마나 나는데. 언니는 무리이지 않을까?"

"언니는 좀 그랬지? 그럼 이모 해야겠다."

순진무구한 이지현의 말에 한지혁과 아리엘라가 동시에 웃음을 토해 냈다.

한지혁과 아리엘라 사이에 사랑의 결실이 생겨났다는 소식을 들었을 때, 그 누구보다 기뻐하고 관심을 가졌던 사람 중 한 명이 이지현이었다.

한지혁과 전화를 할 때면, 이지현은 딸에 대해 물어 오며 아이가 태어나면 자신이 무엇을 해 줄 수 있을지 고민하는 모습을 보이고는 했다.

당장 지금만 해도 아이에 대해 말하는 이지현의 모습에서 기대와 뿌듯함을 느낄 수 있었다.

아리엘라와 딸에 대해 대화를 나누고 있는 이지현을 보며 한지혁은 잠시 생각에 잠겼다.

만약 딸이 태어난다면, 그리고 딸이 음악을 하고 싶다고 말한다면.

음악에 있어 이지현에게 배울 수 있는 부분이 많지 않을까.

한지혁은 자신의 딸이 이지현 밑에서 음악을 배우는 모습을 상상할 수 있었다.

상상하는 것만으로도 행복해지는 느낌에, 그의 입가에 부드러운 미소가 자리했다.

"아, 맞다! 오빠, 예주가 뮤지컬 보러 온다고 했던 거 기억나?"

"응, 기억나."

"예주 아빠랑 같이 온다는데. 예주도 한번 만나야 하지 않겠어?"

이지현의 물음에 한지혁은 크게 고민하지 않고 고민했다.

안 그래도 이지현이 전화를 통해 서예주와 함께 뮤지컬을 보러 오겠다고 했을 때부터 그는 서예주를 만나야겠다고 생각하고 있었다.

서예주도 한지혁의 인생에 있어 빠질 수 없는 사람이었으니까.

꽤 오래 얼굴을 보지 못했기 때문에 한번 보고 싶기도 했다.

미튜브를 통해 가끔 서예주를 보기는 했지만, 한지혁은 실물을 보는 것과 영상을 통해 보는 건 느낌이 많이 다를 거라는 걸 알고 있었다.

'아버지와 같이 온다고 했으니까. 몇 가지 물어보는 것도 나쁘지 않겠지.'

한지혁은 곧 있으면 한 아이의 아버지가 된다.

그에 대한 두려움은 아직도 남아 있었고 그렇기 때문에 한지혁은 경험자의 조언과 교훈을 얻을 생각이었다.

서예주의 아버지라면 그에게 필요한 조언을 해 줄 수 있지 않을까.

"오빠, 예주 보면 깜짝 놀랄걸. 아이들은 하루가 다르게 쑥쑥 큰다는 말을 제대로 알 수 있을 거야."

"그래? 예주 만나는 날이 많이 기대되네."

기대를 해도 좋다는 이지현의 말에 한지혁이 미소를 지은 채 고개를 끄덕였다.

그날 이지현과의 만남은 저녁까지 이어졌다.

그리고 항상 그렇듯.

시간은 빠르게 흘렀다.

드디어 뮤지컬, '바람의 왕국 두 번째 이야기'의 개봉일이

다가왔다.

한지혁은 아리엘라와 함께 브로드웨이의 거리에 발을 들이밀었다.

브로드웨이는 그 명성만큼이나 사람들이 바글거리고 있었다.

사람이 너무 많아 아리엘라의 손을 놓으면 그대로 놓칠 것 같다는 생각에, 한지혁은 그녀의 손을 꽉 붙잡았다.

본래 한지혁은 바로 극장으로 향할 생각이었다.

거리에는 사람들이 많을 게 뻔했다. 한지혁이나 아리엘라나, 번잡한 걸 좋아하는 편은 아니었으니까.

하지만 아리엘라가 조금 일찍 가서 브로드웨이를 둘러보고 싶다고 말했고.

그 시점에서 한지혁의 일정은 이미 결정이 난 거나 마찬가지였다.

한지혁은 예정 시간보다 두 시간 일찍 숙소를 나와서 그녀와 함께 브로드웨이를 돌아다녔다.

"저 사람, 한 아니야?"

"어? 맞는 거 같은데?"

한지혁과 아리엘라는 얼굴을 가리지 않았고 태연하게 길

을 돌아다녔다.

그리고 당연하게도, 사람들이 그들을 알아보는 건 어렵지 않은 일이었다.

그렇게 한두 사람을 시작으로 한지혁과 아리엘라를 알아보는 사람들이 늘어나기 시작했고.

찰칵.

결국 스마트폰을 들어 그들을 촬영하기도 했다.

한지혁은 그들을 뒤로한 채 시간을 확인했다.

뮤지컬 공연 시간이 그리 많이 남지 않은 상황.

이제 슬슬 극장에 가야 한다.

브로드웨이를 구경하는 건 뮤지컬이 끝나고 해도 늦지 않았다.

"아리엘라, 저희 슬슬 출발하는 게 좋을 것 같아요."

한지혁이 힐끗 아리엘라 쪽을 바라보면서 말 했다.

그의 말에 아리엘라가 시간을 확인하더니 고개를 끄덕였다.

"한, 극장까지 얼마나 걸려요?"

"잠시만요. 한번 찾아볼게요."

아리엘라도 그의 생각과 같았는지 극장에 대해 물었고 한지혁은 스마트폰을 꺼내 극장의 위치를 찾았다.

"10분 거리네요."

극장과의 거리를 확인한 한지혁이 말했다.

그리 멀지 않아서 다행이다.

아리엘라가 고개를 끄덕이는 것과 함께 한지혁은 극장으로 발걸음을 돌렸다.

1시간이 넘게 돌아다니며 구경한 게 만족스러운지, 극장으로 향하는 그녀의 입가에는 미소가 가득했다.

체력적으로 힘들 수 있음에도 불구하고, 아리엘라는 전혀 지친 기색이 없어 보였다.

그녀와 마찬가지로 브로드웨이를 구경한 시간은 한지혁에게도 즐거운 시간이기도 했지만…… 아리엘라가 조금 걱정되는 것은 어쩔 수 없는 일이었다.

그렇게 걸음을 옮긴 끝에 극장에 도착한 한지혁은 자신들을 기다리고 있던 페인힐을 발견할 수 있었다.

"오래 기다리셨나요?"

"아닙니다. 저도 방금 나왔는걸요."

한지혁의 말에 페인힐이 고개를 저으며 대답했다.

그는 한지혁의 뒤로 보이는 풍경을 바라보며 말을 이었다.

"브로드웨이를 구경하고 오시겠다고 들었습니다. 불편하지 않았습니까?"

페인힐의 말에 한지혁이 슬쩍 뒤를 돌아보았다.

그리고 그는 아, 하고 소리를 흘릴 수밖에 없었다.

"한지혁 맞지?"

"어, 맞아. 옆에는 아리엘라인 거 같네."

"와 미친……. 여기서 한을 다 보게 되네."

그를 보고 따라온 사람들이 극장 밖으로 옹기종기 모여 있는 게 보였다.

극장 보안 요원들이 티켓이 없는 그들을 안으로 들어오지 못하게 막고 있었다.

여전히 들려오는 촬영 소리에 한지혁이 어깨를 으쓱였다.

사람이 많긴 하지만, 그렇다고 그들을 방해하는 이들은 없었다.

"불편한 건 딱히 없었던 것 같네요."

"그렇군요."

한지혁이 말하니, 페인힐의 시선이 그의 뒤로 향했다.

페인힐의 시선은 한지혁을 따라온 사람들이 아닌, 한지혁과 멀리 떨어지지 않은 곳에서 주변을 경계하는 사람들에게 향하고 있었다.

한지혁이 편하게 브로드웨이를 걸을 수 있게 도와준 경호원들.

"안으로 들어가시죠. 배우들이 한이 오기를 기다리고 있습니다."

"네, 바로 가죠."

한지혁은 아리엘라의 손을 붙잡은 채 페인힐의 뒤를 따라갔다.

그의 발걸음을 사람들의 시선이 뒤쫓았다.

"여기예요."

뮤지컬 배우들의 대기실 앞에 멈춰 선 페인힐의 말에 한지혁이 고개를 끄덕였다.

예전 한지혁이 음악을 작업할 때 몇 번 와 본 적이 있던 장소였다.

똑똑.

페인힐이 노크를 하니⋯⋯.

"네, 들어오세요."

안에서 바로 응답이 들려왔다.

페인힐이 문을 열며 한지혁과 아리엘라가 안으로 들어갈 수 있게 옆으로 비켜섰다.

페인힐을 지나쳐 안으로 들어간 한지혁은, 자신과 아리엘라에게 시선이 꽂힌 배우들의 모습을 볼 수 있었다.

무대에 오르기 위해 분장을 하고 있는 배우들이 있었고, 분장이 전부 끝나 대본을 연습하고 있었던 배우들도 보였다.

한창 대화를 나누고 있던 배우들이 한지혁과 아리엘라의 등장에 입을 다물었다.

배우들이 한지혁과 아리엘라를 번갈아 바라보았다.

"한!"

"오, 맙소사! 아리엘라도 있어!"

잠시간 멈춰 있던 공간이 다시 움직이기 시작했고.

사방에서 사람들의 목소리가 들려왔다.

사람들은 한지혁을 보면서 반가워했지만, 아리엘라를 보는 순간 경악했다.

페인힐은 그들에게 한지혁이 아리엘라와 함께 올 수도 있다고 알려 주긴 했었다.

하지만 그 말을 온전히 믿는 사람들은 많지 않았다.

최근 아리엘라는 집을 벗어나지 않는 일상을 보내 오고 있었다.

밖에 나오지 않는다는 건 그만한 이유가 있다는 거라 생각했기에, 배우들은 한지혁은 와도 아리엘라가 올 거라는 기대를 하지 않았다.

기대가 없었기에 놀람도 컸다.

그들이 멍하니 한지혁과 아리엘라를 바라보고 있을 때였다.

"아리엘라!"

매우 익숙한 목소리에 한지혁과 아리엘라가 동시에 고개를 돌렸고.

배우들 사이에서 빠져나와 이쪽을 향해 빠르게 다가오는 이지현을 발견할 수 있었다.

"너무 잘 왔어요. 오는데 불편한 건 없었죠? 거리를 걷고 왔다고 들었는데, 일은 없었고요?"

이지현은 아리엘라에게 다가오더니, 질문 여러 개를 동시에 토해 냈다.

한지혁은 그 모습을 보며 헛웃음을 흘렸다.

자신에게는 시선 한번 주지 않고 아리엘라에게 말을 거는 그녀의 모습에 한지혁은 어떻게 반응을 해야 할지 몰라 가만히 있었다.

"지현아, 하나씩 물어라. 아리엘라 당황하는 거 안 보여?"

"아, 오빠도 왔네. 어서 와."

이지현의 말에 한지혁은 황당하다는 듯이 그녀를 바라봤다.

예전에는 자신이 올 때 항상 반갑게 맞아 주던 이지현이었다.

그런데 지금은 자신보다 아리엘라를 더 신경 쓰고 있었다.

그 모습이 결코 나쁘다는 건 결코 아니었다.

아리엘라가 이지현과 친해지는 건 한지혁도 바라는 일이었다.

분명 아리엘라에게도 친구가 필요하고, 한지혁이 그녀에게 남편이자, 친구가 되어 줄 수는 있겠지만…….

혼자로는 부족할 거다.

이지현이 아리엘라와 친구가 되어 준다면, 한지혁은 조금이나마 더 안심할 수 있게 되겠지.

'그때 이후로 너무 바뀐 거 같단 말이지.'

한지혁이 속으로 생각했다.

아이를 가졌다는 소식을 듣고 난 이후로, 아리엘라를 대하는 이지현의 태도가 더 친근해졌다는 건 부정할 수 없는 사실이었다.

한지혁은 가볍게 미소를 보이며 배우들을 돌아봤다.

아리엘라는 이지현에게 붙잡혀 의자에 앉은 채 대화 상대가 되어 주었다.

그녀가 이지현과 대화를 나누고 있을 때, 한지혁은 배우들을 살펴보았다.

이곳에 있는 배우들은 전부 베테랑들이었고 공연을 할 때면 항상 극찬을 받는 이들이었다.

하지만 그런 베테랑들도 이번에는 크게 긴장하는 모습을 보이고 있었다.

바람의 왕국 뮤지컬은 최소 천만 이상의 사람들이 관심을 가진 무대였다.

당장 바람의 왕국의 첫 번째 이야기 때문이라도 사람들의 이목이 집중되고 있는데.

뮤지컬 이전, 한지혁이 배우들을 데리고 길거리 뮤지컬을 했던 게 강한 영향을 끼쳤다.

길거리 뮤지컬 이후로 바람의 왕국 두 번째 이야기의 뮤지컬에 대한 사람들의 관심을 더욱 커졌고.

어쩌면 수천, 수만을 뛰어넘어, 억 단위가 넘는 사람들이 관심을 가졌다는 것도 허황한 말이 아닐 수도 있었다.

아무리 베테랑들이라고 하더라도 그렇게까지 많은 사람의

관심을 받아 보지는 못했을 터.

사람들의 기대를 충족시키지 못하면 어떻게 하냐는 걱정은 지극히 당연한 것이었다.

그들의 긴장을 느끼며, 한지혁은 자신이 무슨 말을 해줘야 할지 확실하게 알 수 있었다.

"많이 긴장되시나 보네요."

"아무래도 무대가 무대이다 보니까요."

"조금 긴장이 되기는 해요. 이렇게까지 심장이 떨린 것도 오랜만인 것 같아요."

한지혁의 말에 그들이 어색하게 웃으며 말했다.

세상의 이목이 집중되고 있는 무대였고 그들은 단 한 번도 실수를 하면 안 되었다.

그러한 생각이 그들의 긴장을 부추기고 있었다.

"잘하실 수 있을 겁니다."

한지혁의 말에 그들이 고개를 끄덕였다.

그들을 바라보며 한지혁은 다시 한번 말했다.

"여러분들이라면 좋은 무대를 보여 주실 수 있습니다."

두 번에 걸친 확신에 찬 한지혁의 목소리에, 배우들이 눈을 끔뻑였다.

다른 사람도 아니고 한 시대의 음악의 길을 이끌고 있는 한지혁이 하는 말이었다.

배우들이 잘할 수 있을까 걱정을 하고 있을 때, 한지혁이 확신을 가진 채 말하고 있었다.

잘할 수 있다고, 이곳에 있는 배우들이라면 좋은 무대를 보여 줄 거라고.

다른 누구도 아닌 한지혁이 가진 확신이었기 때문에.

배우들은 조금씩 자신감을 얻기 시작했다.

그들에게 필요한 건 다른 무엇도 아닌, 확신이었다.

자신들이 잘할 수 있을 거라는 확신이었고, 그 확신을 한지혁이 직접 채워 줬다.

'이 정도면 충분히 기대해 볼 만하겠어.'

배우들의 분위기가 달라지는 것을 보며 한지혁은 미소를 지었다.

그들이 확신에 찬 이상, 한지혁이 더 해 줄 수 있는 말은 많지 않았다.

그저 믿고 기다리면 될 일이다.

"아리엘라, 이만 갈까요? 배우분들도 준비할 시간이 필요할 거예요."

"네."

한지혁의 말에 이지현의 대화 상대가 되어 주었던 아리엘라가 고개를 끄덕이며 자리에서 일어났다.

이지현이 아쉬운 듯 입맛을 다시다가 한지혁에게 고개를 돌렸다.

"오빠, 자리 어디야?"

"우리 자리는 여기."

그녀의 물음에 한지혁은 자신이 가지고 있던 티켓을 그녀에게 보여 줬다.

"흐음, 그렇구나."

한지혁의 티켓을 확인한 이지현이 묘한 얼굴로 고개를 끄덕였다.

아쉬움이 완전히 사라진 듯한 그녀의 모습에 한지혁은 고개를 갸웃거리던 것도 잠시.

"자리로 안내해 드리겠습니다."

어느새 다가온 극장 직원의 말에 아리엘라와 함께 대기실을 나섰다.

이지현은 배우들과 해야 할 말이 더 있다며 나중에 가겠다고 말했다.

한지혁은 이지현의 자리가 어디인지 궁금했지만, 그녀는 나중에 다 알게 될 거라며 대답해 주지 않았다.

그녀가 그렇게 말하니, 한지혁도 굳이 더 궁금해하지 않았고 아리엘라와 함께 관객석으로 향했다.

직원이 안내해 준 자리는 관객석 중에서도 가장 좋은 자리였다.

다섯 명만이 들어올 수 있는 프라이빗 룸이었기에 주변의 시선을 신경 쓰지 않아도 되었다.

한지혁이 티켓에 적힌 번호로 향했고 아리엘라와 자리에

앉아 대화를 주고받을 때였다.

프라이빗 룸에 다른 사람이 들어왔고.

그들을 발견한 한지혁의 입가에 미소가 서렸다.

반가운 얼굴들이 프라이빗룸으로 들어오고 있었다.

"아빠, 여기인 거 같은데요?"

아홉 살이 넘어 보이는 여자아이가 당차게 안으로 걸어 들어왔다.

그 뒤로 한 남자가 카메라를 들고 그녀를 찍고 있었다.

한지혁은 두 사람을 보며 반가운 미소를 감추지 못했다.

"예주?"

서예주와 그녀의 아버지가 프라이빗 룸으로 들어오고 있었다.

이지현에게 서예주가 뮤지컬을 보기 위해 극장을 찾아올 거라고 듣긴 했었다.

뮤지컬이 끝나는 대로 서예주와 만나 밥이라도 한 번 먹자고 생각하고 있기도 했고.

이지현도 그게 좋겠다고 말을 했고, 한지혁은 뮤지컬이 끝나고 보게 될 서예주의 달라진 모습을 기대하고 있었다.

하지만 뮤지컬 전에 만날 수 있을 거라고는 기대하지 않았다.

한지혁에게도 일정이 있는 것처럼, 서예주에게도 그녀만의 일정이 있었으니까.

그가 아리엘라와 시간을 보내거나 배우들을 만나는 동안 서예주는 뮤튜버로서 촬영을 해야 했다.

당연히 뮤지컬이 다 끝나고 나서야 만날 수 있겠구나 싶었던 한지혁은 프라이빗 룸으로 들어오는 서예주의 모습에 조금 당황했다.

한지혁은 상황을 파악하려 주위를 둘러봤고, 서예주 부녀와 함께 안으로 들어오는 이지현을 발견할 수 있었다.

처음에 상황 파악을 하지 못했던 한지혁은, 이지현의 장난스러운 미소를 보고는 헛웃음을 흘렸다.

배우들의 대기실에서 보였던 의미심장한 그녀의 웃음이 이 상황을 예견하고 있었다는 걸.

한지혁은 서예주와 이지현의 얼굴을 보고 나서야 알 수 있었다.

"이게 뭐야."

"놀랐지?"

"그래, 놀랐다."

그녀의 장난기 가득한 말에 한지혁은 피식 웃음을 흘렸다.

대기실에서 무언가 숨기고 있다는 걸 알고 있었지만, 그게 이런 것이라는 건 예상하지 못하고 있었다.

놀랐지만 기분이 나쁘지는 않았다.

너무 반가운 얼굴들이었으니까.

"어! 지혁 오빠다!"

"예주야, 뛰면 안 돼!"

그때 밝은 목소리로 말하며 이쪽으로 우다다 달려오는 서예주의 모습이 보였다.

서예주의 뒤에서 그녀의 아버지가 뛰면 다친다고 말을 했지만, 아이는 아랑곳하지 않았다.

서둘러 다가온 서예주가 한지혁의 앞에서 웃음을 보였다.

"오빠 안녕하세요? 지현 언니한테 오빠 온다고 들었는데, 바로 옆자리네요!"

"그래, 반가워. 예주도 잘 지냈지?"

"네!"

서예주의 씩씩한 모습에 한지혁이 부드럽게 미소를 지었다.

그는 아이는 하루가 다르게 쑥쑥 큰다는 말을 서예주를 보고 나서야 이해할 수 있었다.

미튜브로 가끔 서예주의 모습을 봤는데도 불구하고 실제로 마주한 그녀의 모습은 전과 달라진 게 무척이나 많았다.

"예주, 키가 좀 큰 것 같네?"

"그렇죠? 저 키 많이 컸어요!"

자신이 키가 컸다는 걸 알아봐 줬다는 게 그리도 기쁠까.

한지혁은 서예주의 환한 미소를 마주할 수가 있었다.

서예주는 한지혁을 만난 게 그리도 반가웠는지, 옆에 딱 달라붙어 쉴 새 없이 재잘거렸다.

본래 한지혁은 프라이빗 룸의 끝자리에 자리가 지정되어 있었다.

하지만 서예주의 등장으로 미리 정해진 자리는 의미가 없어졌다.

서예주가 다섯 개의 좌석 중 가운데를 차지하게 되었고 그 양옆으로 한지혁과 아리엘라가 앉았다.

서예주가 직접 정한 자리.

서예주의 아버지, 서찬혁은 아무래도 상관없다는 반응을 보였고.

그녀의 고집을 이길 수 없었던 한지혁은 결국 원하는 대로 해 줄 수밖에 없었다.

"죄송합니다. 아이가 평소에 지혁 씨를 많이 보고 싶어 하긴 했는데. 괜히 편한 시간 방해가 된 건 아닐까 걱정이 되네요."

"아닙니다. 저는 괜찮으니 걱정하지 않아도 돼요. 아리엘라도 예주를 좋아하는 것 같고요."

한지혁의 반대편 자리에는 서예주의 아버지가 앉았는데.

서찬혁은 한지혁에게 귀찮게 한 건 아니냐며 미안해하고 있었다.

그는 서찬혁의 사과에 괜찮다고 고개를 저었다.

한지혁은 아이를 좋아했고 그건 아리엘라도 마찬가지였다.

아리엘라가 힘들어했다면 모를까, 그녀는 서예주를 무척이나 귀여워했다.

자신의 옆자리를 기꺼이 서예주에게 양보했고.

지금도 서예주의 대화 상대가 되어 주며 잘 챙겨 주고 있었다.

자신들이 원했기에 그녀의 요구를 들어준 것이고, 그렇기에 서찬혁이 미안해할 이유는 없었다.

"제가 되레 죄송하죠. 저희 때문에 예주랑 떨어져 앉으셨잖아요."

한지혁은 자신으로 인해 서예주와 떨어져 앉게 된 서찬혁에게 미안한 마음을 느꼈다.

그는 딸과 같이 앉아 뮤지컬을 볼 수 있는 기회를 자신이 빼앗은 게 아닌가 하는 생각도 들었다.

다행히도 서찬혁은 그렇게 생각하지 않았다.

"아니요, 저는 감사한 마음뿐입니다. 예주가 저렇게까지 환하게 웃는 모습을 본 게 얼마 만인지."

서찬혁은 아리엘라와 웃고 떠드는 서예주를 보며 묘한 얼굴을 해보였다.

그는 이곳에 오기 전까지 서예주가 어떠했는지, 바로 옆에서 지켜본 사람이었다.

어린아이가 취미로 시작했던 미튜브가 일이 되기 시작했다.

취미도 의무가 된다면 더는 즐겁지 못한 게 정상이었다.

서예주는 매번 재미있는 영상을 만들어야 한다는 중압감에 눌려 있어야 했고.

미소를 짓고는 있지만, 그 미소는 진심이 점점 사라지게 되었다.

가면을 쓰면서 살아가야 하는 아이.

서찬혁은 그런 자신의 아이를 보면서 항상 안타깝게 생각했고 그녀를 말리지 못하는 자신을 한심하게 여겼다.

서예주를 걱정했고 진심으로 그녀가 행복하기를 바랐다.

최근에 서예주가 제대로 웃어 본 적이 언제였던가.

"저는 예주가 웃을 수만 있으면 그걸로 족합니다."

서찬혁은 서예주가 행복해하는 것만으로도 충분히 만족할 수 있었다.

한지혁은 그런 그의 마음을 느꼈고.

"대단하시네요."

서찬혁을 보며 진심으로 감탄하지 않을 수가 없었다.

어색하게 웃는 서찬혁의 모습에 한지혁은 생각에 잠겼다.

아이가 행복하다면 그걸로 자신도 행복할 수 있다는 서찬혁의 모습은.

지금도 서예주를 바라보며 흐뭇하게 웃고 있는 서찬혁은, 누가 보더라도 '딸 바보'의 모습을 보는 것만 같았다.

딸의 행복을 바라고 딸만을 생각하는 딸 바보.

그 모습은 한지혁에 큰 영감을 주었다.

한지혁은 머릿속에 가득 떠오른 영감에 눈을 감았고.

뒤죽박죽으로 섞인 악상을 정리했다.

그의 손이 당장이라도 연주를 하고 싶은 충동에 꿈틀거렸다.

"후우······."

옅게 숨을 내쉬며 한지혁은 천천히 눈을 떴다.

그는 충동을 억누르며 지금은 때가 아니라는 말을 속으로 되뇌었다.

연주는 나중에 실컷 할 수 있으니, 지금은 지금의 일에 집중해야 할 때였다.

"내일, 잠시 시간 좀 내주실 수 있나요?"

"시간 말인가요?"

"네, 예주와 오랜만에 만나기도 했고. 같이 식사나 한 끼 하고 싶어서요."

한지혁의 말에 서찬혁이 잠시 고민하는 듯한 모습을 보였다.

서찬혁은 한지혁의 옆에 앉은 서예주를 살피더니, 이내 고개를 끄덕였다.

"예주만 괜찮다면, 저는 좋습니다."

서찬혁의 대답에 한지혁이 웃어 보였다.

아이만을 생각하는 사람다운 대답이란 생각이 들었다.

한지혁이 서찬혁과 대화를 이어 나가고 있을 때.

두웅.
극장을 가득 채우는 음악과 함께 뮤지컬이 시작되었다.

탁, 타탁.
키보드를 두드리는 소리가 작업실을 가득 채웠다.
연신 키보드 두드리던 소리에 이어 짙은 한숨 소리가 한 사람의 입에서 울려 퍼졌다.
"그러다 땅이 꺼지겠어."
"드미트리."
옆에서 들려온 목소리에 세바스찬이 화면에서 시선을 떼며 고개를 돌렸다.
자신의 옆에 서 있는 드미트리를 발견한 세바스찬이 옅은 미소를 지었다.
"언제 왔나?"
"온지는 한참 되었지. 자네가 집중하고 있어 말을 걸지 않았던 거고."
"그런가."
드미트리의 말에 세바스찬이 어색하게 웃으며 자리에서 일어났다.
"어떻게, 차라도 한잔할 텐가?"

"좋지."

드미트리가 고개를 끄덕이니 세바스찬이 다과를 준비했다.

세바스찬이 차와 간식을 준비하는 동안 드미트리는 방금까지 그가 보고 있던 화면을 살폈다.

바람의 왕국 두 번째 이야기, 매진.

바람의 왕국 뮤지컬이 매진되어 있다는 문구가 눈에 들어왔고.

드미트리는 그 문구를 살피며 쩝, 하고 입맛을 다셨다.

저 문구 하나만으로도 세바스찬이 무엇을 하고 있었는지 알 수 있었다.

"그래서 표는 구했나?"

쟁반에 차와 간식을 담아 들고 오는 세바스찬을 향해, 드미트리는 매우 진지하게 물었다.

뮤지컬의 티켓을 구했는지 묻는 드미트리의 모습에 세바스찬의 얼굴이 어두워졌다.

그 모습을 본 드미트리는 대답을 듣지 않아도 어떤 상황인지 알 수 있었다.

"그렇군. 자네도 구하지 못했어."

조금이나마 기대를 해 봤지만, 세상은 호락호락하지 않았다.

그 사실을 뼈저리게 느낀 드미트리가 한숨을 깊게 내쉬며 소파로 가 앉았다.

"차향이 좋구먼."

"그렇지? 나도 그렇게 생각해."

두 사람은 차를 홀짝이며 한동안 아무런 말도 하지 않았다.

그렇게 얼마나 시간이 흘렀을까.

"자네가 보기에 성공할 것 같나?"

"한의 뮤지컬 말인가?"

"어."

드미트리의 물음에 세바스찬이 헛웃음을 흘렸다.

"당연한 걸 묻는군. 당연히 성공하지. 누가 만든 건데."

"하긴 한이 함께했는데, 실패하는 게 더 이상하겠어."

다른 사람도 아니고 한지혁이라는 뮤지션이 함께한 것만으로도 성공 가능성은 대폭 올라간 거나 다름없었다.

지금까지 단 한 번도 한지혁이 음악을 만들어 실패한 적이 없었다.

세바스찬과 드미트리는 그 사실을 누구보다 잘 알고 있었고.

그렇기 때문에 뮤지컬의 티켓을 얻지 못한 것에 대한 아쉬움을 감출 수가 없었다.

한의 음악이 함께 하는 뮤지컬이었다.

그들은 이미 한이 선보인 길거리 뮤지컬 영상을 보았고 현혹되었다.

한의 길거리 뮤지컬은 그들에게 강한 충격과 영감을 안겨 주었다.

근데 길거리 뮤지컬이 아니라 정말 준비 된 무대에서 하는 제대로 된 뮤지컬이라면 어떨까.

"보고 싶었는데 티켓을 구하는 게 쉽지 않더군."

"그렇겠지. 그의 뮤지컬을 보고 싶어 하는 사람들은 무척이나 많으니까. 다른 유명인들도 티켓을 구하지 못해 아쉬워하지 않던가."

세바스찬의 말에 드미트리가 고개를 끄덕거렸다.

바람의 왕국 뮤지컬은, 소식이 알려지는 것이 무섭게 세계의 관심을 받았다.

단순히 일반인들만이 아니라, 전 세계의 유명인들도 뮤지컬을 보기 위해 움직였다.

음악적으로 유명한 사람들뿐만이 아니라, 그 외에 다른 장르의 거장들도 바람의 왕국 뮤지컬을 보고자 했다.

그만큼 한지혁을 향한 관심을 대단했다.

"일단 최대한 구해 봐야지."

"그게 맞기는 한데. 구할 수나 있을지 모르군."

워낙 쟁쟁한 사람들이 응모에 참여하다 보니, 티켓을 구하기가 하늘의 별따기와 같았다.

이대로 있다가는 뮤지컬 일정이 끝날 때까지 티켓을 만지는 것조차 힘들 수도 있었다.

"마지막까지 안 되면…… 그때는 한에게라도 부탁을 할 수밖에 더 있겠나?"

"음……."

세바스찬의 낮은 읊조림에 드미트리가 침음을 흘렸다.

그들이 뮤지컬을 보기 위해 이렇게까지 안달이 난 적이 얼마나 있던가.

세바스찬과 드미트리는 한지혁이란 이름이 가진 영향력에 감탄을 하지 않을 수가 없었다.

한 아이가 있었다.

그 아이는 로버트라는 이름을 가지고 있었다.

로버트는 언제나 혼자만의 세상에 갇혀 있었다.

밖을 보려고 하지 않았고 단절된 세상에서 혼자 살아갈 뿐이었다.

아이를 바라보는 부모의 가슴은 하루가 다르게 아프다 못해 썩어 들어가고 있었다.

그들은 아이가 세상 밖으로 나와, 자신을 온전히 표현해 줬으면 하는 마음이었고.

적어도 자신들에게만큼은 마음을 열어 주기를 바라고 있었다.

하지만 아이의 마음은 언제나 굳게 닫혀 있었고, 다른 무언가에 신경을 쓰지 않았다.

아이의 닫힌 문은 열리지 않았고.

그의 부모는 아이가 마음의 문을 열 계기가 필요하다는 걸 알고 있었다.

그 계기가 어떤 것인지 몰라 힘들어하고 있을 뿐.

그들에게 바람의 왕국 뮤지컬은 매우 우연한 기회로 찾아왔다.

바람의 왕국 영화를 볼 때 아이가 즐거워했다는 것을 기억하고 있었던 그들은.

바람의 왕국 뮤지컬이라는 것만 듣고 바로 예매를 시도했다.

전 세계의 수많은 사람들이 이 티켓을 얻기 위해 안간힘을 쓰고 있다는 건 이미 알고 있었기에 큰 기대는 하지 않았다.

하지만 그저 지푸라기라도 잡는 심정으로 예매를 시도한 그들은 기적적으로 티켓을 얻을 수 있게 되었다.

예매를 하느라 고생하기도 했고, 뮤지컬을 보기 위해 일부러 시간을 내면 그 다음 날 두 배로 일을 해야겠지만…….

뮤지컬을 보면서 아이가 행복해질 수 있다면, 그것만으로도 그들은 만족할 수 있었다.

"로버트, 오늘은 뮤지컬을 보러 갈 거란다."

아버지의 말에도 로버트는 대답이 없었다.

그저 고개만 들어 슬쩍 눈을 마주치는 게 끝이었다.

다시 고개를 숙인 아이는 자신이 들고 있던 책에 집중했다.

책의 페이지를 만지고 넘기고, 그리고 물어뜯었다.

그렇게 책의 모서리가 사라진 책들은 벌써 수십 개가 넘어갔다.

그 모습을 바라보는 아이의 아버지는 착잡한 심정을 느꼈다.

"바람의 왕국 알지? 그때 재미있어 했잖아. 우리 오늘 그거 보러 갈 거야."

"바람의 왕국?"

"응. 바람의 왕국. 보러 가고 싶지 않아?"

어머니의 말에 아이가 반응을 하기 시작했다.

바람의 왕국은 로버트가 가장 즐겁게 봤던 애니메이션 영화 중 하나였으니까.

로버트는 그때를 생각하며, 자리에서 일어났다.

"볼래. 나 바람의 왕국 좋아."

"그래. 그럼 우리 따뜻하게 입고 나갈까? 지금 밖에 바람이 많이 분데."

"응."

아이가 고개를 끄덕이며 어머니를 따라 움직였다.

차를 타고 도착한 극장.

입구부터 가득한 사람들의 모습에 로버트가 아버지의 옷

을 꽉 붙잡았다.

"사람, 많아."

"그래. 사람이 많네. 아빠가 안아 줄까?"

고개를 끄덕이는 로버트를 조심스럽게 안아 들며 아이의 아버지는 걸음을 옮겼다.

그들의 자리는 무대와 멀리 떨어진 구석진 곳에 위치해 있었다.

명당이라고 할 수는 없지만, 아이의 부모는 차라리 다행이라고 생각했다.

혹시라도 중간에 일이라도 생기면 남들에게 피해를 주지 않고 나갈 수 있었으니까.

로버트를 자신들의 가운데에 앉히고 나서야 아이의 아버지는 숨을 돌릴 수 있었다.

이제 열 살이 된 아이의 무게는 그가 10분 가까이 들고 있기 버거울 정도였다.

후들거리는 팔을 주무르며 그는 주위를 살폈다.

좌석은 굉장히 많았는데, 그만큼 많은 사람들이 그 좌석들을 가득 채우고 있었다.

무대에는 뮤지컬을 위한 세팅이 되어 있었고.

사람들은 무대를 바라보며 기대에 차 웅성거리고 있다.

다즐링도 다즐링이지만, 뮤지컬이 이렇게까지 과한 관심을 받는 건 다 이유가 있었다.

물론 각 사람마다 그 이유는 다를 테지만, 가장 대표적인 이유는 분명했다.

한지혁.

그 이름 하나만으로도 뮤지컬을 볼 이유는 충분했다.

이곳에 있는 사람들은 다즐링의 뮤지컬도 뮤지컬이지만, 결국 한지혁의 음악을 듣기 위해서 모인 것이다.

그것을 보며 아이의 아버지는 감탄을 하지 않을 수가 없었다.

한 사람의 이름이 가진 영향력이 무척이나 커 보였으니까.

한지혁이 아닌 다른 사람이 이렇게까지 큰 영향력을 보일 수 있을까.

아마 힘들 것이다.

"으음."

"조금만 기다리렴. 곧 시작할 테니까."

기다림에 지쳐 몸을 뒤척이는 로버트를 달래던 그는 소리를 하나 들었다.

후우웅.

바람이 불어오는 소리였고, 그 소리에 이어 다른 소리들도 들려오기 시작했다.

둥, 두웅.

바람 소리에 맞춰 소리가 하나씩 추가되며 음악을 만들어 냈고.

지이잉.

바이올린의 선율이 귀를 감미롭게 만들었다.

뮤지컬의 시작을 알리는 소리와 함께 배우들이 무대에 나오기 시작했다.

바람의 왕국 영화에 나오는 캐릭터들이 실존 인물이 되어 무대를 누볐다.

아이를 위해서 온 것이지만.

지금 이 순간만큼은 아이의 아버지도 무대에 빠져들었다.

그렇게 얼마나 시간이 지났을까.

"……론, 론!"

자신을 부르는 소리에 그가 고개를 돌렸고, 벅찬 얼굴의 아내를 발견할 수 있었다.

그의 아내는 로버트를 보고 있었다.

그녀의 시선을 따라 로버트를 본 론은 놀라움을 금치 못했다.

아이가, 로버트가 뮤지컬에 집중하고 있었다.

평소에 보이던 특유의 손짓이나 미묘한 행동이 사라진 채 온전히 뮤지컬에 집중하고 있는 것이었다.

로버트가 무언가에 집중하고 있는 모습을 본 적이 언제였던가.

바람의 왕국 영화를 볼 때에도 로버트는 온전히 집중하지 못했다.

노래를 흥얼거릴 뿐, 그 이상의 집중력은 보이지 않았다.

그랬던 아이가 지금 무대에 집중하고 있었다.

움직이는 것조차 잊었는지 가만히 무대를 보고 있는 아이의 모습에.

론은 말로 형용할 수 없는 벅찬 기분을 느꼈다.

항상 혼자만의 세상에 갇힌 채 다른 것에는 조금도 신경쓰지 않는 아이였다.

그 무엇을 하든 아이가 혼자만의 세상에서 빠져나온 적은 없었다.

그러한 사실을 너무나도 잘 알고 있었기 때문에, 론은 아이에게서 시선을 뗄 수가 없었다.

"론, 로버트가……."

아내의 말에 론은 웃으며 고개를 끄덕였다.

아이가 세상에 나아가기 위해서는 하나의 계기가 필요했다.

뮤지컬은 로버트에게 세상에 나아갈 수 있는 계기가 되어주었다.

'이게 한의 음악인 건가?'

한지혁의 음악이기 때문에 가능한 변화였다.

뮤지션, 한지혁이 있었기에 가능한 일이었다.

론은 단 한 번도 한지혁은 실제로 마주한 적이 없었다.

하지만 지금은 한 번도 본 적이 없던 한지혁에게 감사하고 있었다.

한지혁의 음악은, 뮤지컬은 그들에게 희망을 안겨 주었다.

아이의 웃음소리가 들려왔다.

뮤지컬을 보면서 로버트는 혼자만의 세상에서 벗어나, 배우들과 세상을 공유하고 있었다.

그 모습을 보며 론은 환하게 미소 지었다.

오늘은 아버지로서 살아온 그의 인생에 최고의 순간이 될 것이라는 게 분명했다.

무대에 배우들이 오르고 한지혁은 뮤지컬에 집중했다.

완벽히 완성된 무대를 본 건 그도 이번이 처음이었다.

피나는 연습을 했던 배우들은 자신들이 할 수 있는 최고의 무대를 보이고 있었다.

한지혁이 프로듀싱한 음악에 맞춰 그들은 바람의 왕국을 선보였다.

'좋네.'

그는 무대를 바라보며 만족스러움을 느끼고 있었다.

뮤지컬의 음악과 연기가 매우 잘 어울렸다.

그만큼 음악도 음악이지만, 배우들의 연기가 좋다는 것이기도 했다.

대기실에서 그들이 보였던 긴장은 뭐였던 걸까.

이렇게까지 잘해 줄 거였으면서.

"한, 좋은 음악이에요."

"고마워요, 아리엘라."

아리엘라의 말에 한지혁은 부드러운 미소를 지었다.

그녀는 뮤지컬의 음악을 즐기고 있었다.

클래식과는 다른 음악이었고 한지혁이기 때문에 만들 수 있는 음악이었다.

"역시 지혁 오빠는 여전하네. 실제로 보니까 더 좋잖아!"

아리엘라의 옆으로 이지현의 목소리가 들려왔다.

이지현은 무대를 보면서 감탄을 감추지 못하고 있었다.

바람의 왕국 두 번째 이야기의 음악은 음악가인 그녀에게 깊은 영감을 주었다.

1년간 쉬웠다고 해서 한지혁의 실력이 무뎌지는 건 아니었다.

무뎌지기는커녕 전보다 훨씬 좋아진 느낌이었다.

"가끔 보면 오빠는 괴물 같아."

"사람한테 괴물이 뭐냐."

"오빠니까 괴물이라고 하는 거지. 다른 사람한테는 이런 말 하지도 않아."

이지현의 말에 한지혁은 피식, 웃음을 흘렸다.

표현이 어찌 되었든 간에, 그녀가 칭찬을 한 거라는 사실은 변하지 않았다.

이지현까지 저렇게 말할 정도면, 이번 무대는 성공적이라는 거겠지.

이지현과 대화를 나누던 한지혁은 시선을 돌려 서예주를 살폈다.

서예주는 무대를 빤히 바라보며 집중을 기울이고 있었다.

주변에서 자신들이 대화를 나누고 있는 소리에도, 그녀는 아랑곳하지 않고 뮤지컬에 집중했다.

엄청난 집중력을 보이는 그녀를 바라보며 한지혁은 부드러운 미소를 지었다.

모두가 좋아해 주니, 이보다 기분이 좋을 수는 없었다.

한지혁은 고개를 돌렸고 자신의 옆에 앉은 서찬혁을 볼 수 있었다.

서찬혁은 서예주를 바라보며 흐뭇한 미소를 짓고 있었다.

서예주가 뮤지컬을 보며 행복해하는 모습에 자신도 행복하다는 듯한 모습이었다.

"아."

서예주를 보며 미소를 짓고 있던 서찬혁은 한지혁과 눈이 마주치자 어색하게 웃어 보였다.

"자리를 바꿔 드릴까요?"

"아니요, 괜찮습니다. 이렇게 보는 것만으로도 충분해요."

서찬혁의 말에 한지혁은 미묘한 미소를 지었다.

딸의 옆에 앉고 싶을 텐데, 서찬혁은 아이의 집중을 방해하고 싶지 않다는 이유로 한지혁의 제안을 마다했다.

그저 옆에서 지켜보는 것만으로도 서찬혁은 행복해했다.

"예주를 많이 사랑하시는 게 느껴지네요."

"네? 아, 그럼요."

한지혁의 뜬금없는 말에 당황하던 것도 잠시, 서찬혁은 고개를 끄덕였다.

"사랑하죠. 그래서 더욱 많은 걸 해 주고 싶습니다. 아이 엄마가 없으니, 제가 부족한 부분까지 채워야 하니까요."

"그렇군요. 힘드시겠어요."

"힘들죠. 하지만 예주가 웃는 모습을 보면 힘이 납니다."

서찬혁이 웃으며 말했다.

"지혁 씨도 나중에 애 아빠가 되면 저와 같은 기분을 느낄 겁니다. 딸이라고 했죠?"

"네, 딸이에요."

"지혁 씨도 딸 바보 되시겠네."

그 말에 한지혁은 웃어 보였다.

딸 바보.

그 단어가 이리도 정감이 갈 수 있는 단어라는 게 놀라웠다.

'만약 아이가 태어난다면 나도 저런 모습일까?'

서찬혁은 아이를 바라보는 것만으로도 행복해하고 있었다.

아이와 함께 하는 순간 자체를 즐거워했고.

그는 또한 아이가 행복해한다면 그것만으로도 만족하고 같이 행복해했다.

과연 한지혁 자신은 아버지가 되었을 때 어떤 모습이 될까?

아리엘라와 자신 사이에서 태어난 아이를 보며.

어떤 기분을 느낄까?

그는 상상을 하는 것만으로도 마음이 벅차오르는 것만 같은 기분에 미소를 보였다.

아이가 태어난다면 한시도 옆에서 떨어지려고 하지 않으리라.

아이와 함께 모든 순간을 함께하고 자신이 해 줄 수 있는 모든 걸 해 줄 것이다.

그게 한지혁의 바람이었다.

한지혁은 다시 고개를 돌렸고 아리엘라와 눈이 마주쳤다.

서찬혁과 나눴던 대화를 들었을까.

그녀의 눈이 반달을 그리자 한지혁은 마주 미소를 지었다.

무대의 막이 내려가는 모습을 바라보며 한지혁은 옅게 숨을 내쉬었다.

그가 보기에 바람의 왕국 두 번째 이야기 뮤지컬은 마무리조차 완벽해 보였다.

페인힐이 뮤지컬에 공을 들였다고 하더니.

그 말을 뮤지컬을 보면서 확실하게 이해할 수 있었다.

한지혁은 뮤지컬을 무대에 올리기 전, 음악을 제작할 당시 배우들이 연습하는 걸 몇 번 보기는 했다.

뮤지컬은 음악도 음악이지만, 배우들의 연기도 중요했다.

뮤지컬 대본은 이미 나와 있었기 때문에 배우들이 연습하는 건 불가능한 일이 아니었다.

한지혁이 음악을 만드는 도중에도 배우들은 동선을 짰고 합을 맞췄다.

음악이 완성된 이후에도 한지혁은 그들이 연습하는 걸 본 적이 있었다.

직접 보고 들은 게 있었기 때문에, 배우들에게 확신을 담아 잘할 수 있다고 말한 것이기도 했다.

그때도 좋은 무대가 나오겠다고 생각하긴 했는데.

연습하던 걸 보는 것과 실제로 무대를 보는 건 느낌부터가 달랐다.

제대로 준비된 무대에서 자신이 만든 음악과 함께 연기하는 배우들의 모습을 보며 한지혁은 감탄을 아끼지 않을 수가 없었다.

연기와 음악이 조화를 이루는 모습은 그에게 많은 영감을 안겨 주었다.

언젠가 아이가 태어난다면, 그때 아이와 함께 본다면 정말 행복할 것 같은 공연이었다.

아쉽게도 그때까지 바람의 왕국 두 번째 이야기의 뮤지컬이 하진 않을 테지만.

"끝났네요."

"네, 한. 정말 좋았어요."

한지혁의 중얼거리는 소리에 아리엘라가 고개를 끄덕였다.

바람의 왕국 두 번째 이야기의 뮤지컬은 이 자리에 있는 모두가 만족할 수 있었던 무대였다.

뮤지컬은 보는 내내 모두가 감탄사를 내뱉으며 한 번도 눈을 떼지 않고 집중했다.

한지혁이나 아리엘라뿐 아니라 관객 모두가 말이다.

"그러게요. 정말 좋네요."

한지혁도 고개를 끄덕이며 자리에서 일어났다.

확실히 좋은 무대였고 그렇기에 즐거운 시간이었다.

아리엘라와 함께할 수 있어서 더 좋았고 말이다.

"그럼 가 볼까요?"

"네."

그가 자리에서 일어나는 걸 본 아리엘라가 미소를 지었다.

그녀는 자리에서 일어나며 슬쩍, 옆에 있는 서예주를 살폈다.

서예주는 뮤지컬이 충격적이었는지, 무대가 끝나고 시간이 꽤 흘렀음에도 멍한 모습이었다.

그만큼 이번 뮤지컬이 그녀에게 신선한 충격을 안겨 주었다는 거겠지.

"예주야, 일어나자."

"아…… 네."

서찬혁의 말에 대답을 하는 아이의 목소리가 흐릿하게 들려왔다.

아직까지도 뮤지컬 세상에 빠져 있는 듯한 서예주의 모습에 서찬혁이 미소를 지었다.

서찬혁은 서예주를 무척이나 귀여워하고 있었다.

바로 옆에 있던 한지혁조차 그의 기분을 느낄 수 있을 정도였다.

그만큼 서찬혁은 자신의 딸을 사랑하고 있었다.

그 둘의 모습을 보며 한지혁은 부드러운 미소를 지었다.

딸을 사랑하는 그 마음이 너무 좋아 보였고.

한지혁은 서찬혁의 모습에서 배울 수 있는 게 많다는 걸 알 수 있었다.

지금 서찬혁이 예주를 어떻게 대하는지 봐 두면 나중에 큰 도움이 될 것 같았다.

"예주야, 배우들 만나러 가 보려고 하는데. 같이 갈래?"

"갈래요!"

한지혁의 물음에 서예주가 눈을 번쩍 뜨며 대답했다.

그녀의 대답을 들으며 한지혁은 부드러운 미소를 지었다.

아무리 많이 컸다고는 하지만, 아이라는 것은 변하지 않았다.

한지혁은 그녀의 머리를 쓰다듬으려던 것도 잠시, 자신의 행동이 무례일 수도 있다는 생각에 멈칫거렸다.

"그래, 같이 가자."

"네!"

그녀의 대답을 들으며 한지혁은 고개를 끄덕였다.

한지혁은 뮤지컬이 끝나고 배우들을 찾아가 인사를 할 생각이었다.

아리엘라와 단둘이서 가도 되었지만.

한지혁은 자신들끼리 가는 것보다는 서예주 부녀와 함께 가는 것도 나쁘지 않을 것 같았다.

자신의 일행이라고 소개한다면 배우들도 이해해 줄 것이다.

무엇보다 서예주 일행은 이지현의 친분으로 온 것이기도 해서, 대기실에 함께 간다는 게 마냥 이상한 일은 아니었다.

바람의 왕국 작가인 이지현이었으니까.

서예주 부녀가 이지현과 함께 먼저 프라이빗 룸을 나서고.

아리엘라와 함께 나가기 위해 한지혁은 그녀에게 다가갔다.

"한, 역시 저는 아이가 좋아요."

"저도 그래요, 아리엘라."

그녀의 말에 한지혁은 웃어 보였다.

서예주와 함께 시간을 보낸 순간이 아리엘라에게 큰 감명을 안겨 주었던 모양이다.

뮤지컬을 보는 내내 서예주를 챙기던 그녀를 바로 옆에서 봤던 한지혁이기에.

그는 아리엘라가 어떤 기분을 느끼고 있는지 어렴풋이 느끼고 있었다.

"아이가 태어날 날이 벌써부터 기대가 되네요."

아리엘라가 자신의 배를 쓰다듬으면서 말했고 한지혁은 미소를 지은 채 고개를 끄덕였다.

한지혁은 아리엘라의 손을 붙잡은 채 이지현 일행의 뒤를 따라갔다.

이미 한 번 오갔던 길이기에 안내 요원이 없어도 대기실에 가는 길을 헤매지 않고 찾을 수 있었다.

프라이빗 룸에서 대기실까지는 거리가 그리 멀지 않았는데, 심지어 한지혁과 일행은 대기실에 도착하기도 전에 배우들을 만날 수 있었다.

이제 막 분장을 지운 주연 배우들이 한지혁과 인사를 나누기 위해 프라이빗 룸으로 오고 있었던 것이다.

"오, 한!"

"어떻게, 무대는 잘 보셨나요?"

밝은 목소리로, 주연 배우들이 한지혁에게 묻는다.

그들은 자신들의 무대가 어땠는지 한지혁의 평가를 듣기

원하고 있었다.

한지혁이 미소를 지으며 입을 열기도 전에.

"우와! 여왕님이다!"

다른 곳에서 목소리가 터져 나왔다.

옆에서 들려온 목소리에 한지혁이 고개를 돌렸다.

한 아이가 부모를 등진 채 이쪽으로 달려오고 있는 게 보였다.

서예주 또래로 보이는 남자아이.

아이는 배우들만을 바라본 채 달려오고 있었다.

"로버트!"

그의 뒤로 부모가 아이의 이름을 부르며 황급히 따라온다.

해맑게 웃으며 다가오는 아이의 모습과 황급히 뒤를 쫓는 부모의 모습에.

자리에 있던 모두가 당황스러워하며 아무런 반응도 보이지 못했다.

한지혁도 마찬가지여서 그도 해맑게 웃으며 다가오는 아이를 바라보기만 할 수밖에 없었다.

"여왕님이다! 여왕님! 바람, 휘이잉!"

가까이까지 다가온 아이는 여왕 역을 맡은 배우 앞에 서서 두 팔을 휘적거렸다.

뮤지컬에서 봤던 모습을 따라하는 아이의 모습에 사람들은 어떤 반응을 보여야 할지 몰라 당황한 모습을 보였다.

"죄송합니다! 죄송합니다!"

"로버트!"

아이의 부모가 다가와 아이를 껴안으며 고개를 몇 번이고 재차 숙였다.

죄송하다는 말을 반복하는 그들의 모습을 바라보며 한지혁은 주변을 살펴보았다.

당황하며 가만히 있는 배우들의 모습과 서찬혁이 서예주를 자신의 뒤로 숨기는 모습이 보였다.

"한."

옆에서 아리엘라가 그의 이름을 불렀고.

한지혁은 아이를 살펴봤다.

같은 동작을 반복해서 하는 아이는, 배우들을 보고 있는 것만으로도 행복해하고 있었다.

"죄송합니다. 아이가 조금 흥분했나 봐요."

"저희는 괜찮습니다. 그렇지?"

"네, 진짜 괜찮아요. 안녕, 로버트."

아이의 아버지의 사과에 배우들은 고개를 저었다.

로버트라 불린 아이는 다가와서 따로 피해를 주지 않았다.

'여왕'이라는 단어와 '바람'이라는 단어를 반복해 말하며 배우들에게 반가움을 표현할 뿐.

그 이상의 무언가를 하지는 않았다.

"저희 아이가 뮤지컬을 너무 재미있게 봐서요. 그래서 배우님들을 보고 너무 신났나 봐요."

"여왕님! 바람! 휘이잉!"

아버지가 연신 고개를 숙이는 와중에도 로버트는 여왕 역을 맡은 배우를 바라보며 환하게 미소 지었다.

한지혁은 그 모습을 바라보고 있었다.

로버트의 부모는 아이의 행동에 곤란한 눈빛을 보내면서도, 아이가 행복해하는 모습을 보며 미소 짓고 있었다.

그 복잡 미묘한 감정이 너무나도 선명하게 느껴졌다.

"여왕님! 휘이잉! 휘이잉!"

아이는 계속해서 특정 동작을 반복하며 말을 하고 있었다.

보통 부모가 곤란해하는 걸 보면, 아이들은 자신의 행동을 멈추고 부모를 돌아본다.

하지만 로버트는 그러지 않았다.

배우 앞에서 단어와 특정 행동을 반복했지만.

"여왕님, 휘위잉…… 휘…… 으아아앙!"

배우가 어떻게 반응할지 모르겠는지 어색하게 웃고만 있자 아이는 급기야 울음을 터뜨렸다.

짜증 가득하게 소리치며 주먹을 마구 휘두르는 모습에, 로버트의 아버지가 황급히 아이를 안았다.

"죄송합니다. 저희 아이가 자폐증을 앓고 있어서요. 정말 죄송합니다."

아이의 아버지가 아들을 달래고 있을 때 어머니는 고개를 숙이며 사과했다.

그 모습을 바라보며 배우들을 어떻게 해야 할지 몰라 서로의 얼굴을 돌아봤다.

"괜찮아."

로버트를 달래고 있는 아이 아버지의 목소리.

한지혁은 그 모습을 바라보다 천천히 걸음을 옮겼다.

"잠시 저 좀 도와주실래요?"

"네."

그는 여왕 역을 맡은 배우와 함께 아이에게 다가갔다.

아이의 어머니가 한지혁과 배우를 바라보며 눈을 당황스러워하는 모습을 보였다.

한지혁은 미소를 보이며 입을 열었다.

"안녕, 로버트. 여기 여왕님이 왔는데 인사해 보지 않을래?"

"……여왕님?"

한지혁의 말에 로버트가 울음을 멈춘 채 고개를 들었다.

그 시선에 한지혁이 배우를 돌아봤고.

배우는 한지혁의 의도를 알아차리고는 아이에게 웃으며 말을 걸었다.

"안녕."

어느새 울음이 그친 아이의 얼굴에는 해맑은 미소가 자리했다.

여왕 역을 맡은 배우에 이어 다른 배우들도 로버트에게 다가갔고.

아이가 행복해할 수 있게 말을 걸어 줬다.

"감사합니다. 이 은혜를 어떻게 갚아야 할지……."

배우들 덕분에 한숨을 돌린 아이의 아버지가 자리에서 일어나며 말했다.

아이가 한 번 울기 시작하면, 멈출 때까지 기약 없이 기다려야 했기 때문에.

그에게 한지혁과 배우들의 도움은 매우 반갑고 감사한 일이었다.

아이 아버지의 하염없는 감사 인사에 한지혁은 웃으며 고개를 저었다.

한지혁은 감사를 받기 위해서 배우에게 부탁한 게 아니었다.

아이가 울고 있는 모습을 봤기 때문에 당연히 나오는 행동이었다.

그가 아닌 다른 사람이라 하더라도 아이가 울고 있으면 똑같이 행동했을 것이다.

"감사는요. 당연히 해야 할 일을 했을 뿐인데요. 배우분들도 아이를 좋아하기도 하고요. 신경 쓰지 않으셔도 됩니다."

"그래도……."

그의 말에 아이 아버지는 입술을 잘근 깨물었다.

한지혁이 당연하다고 말하는 것도 밖에서는 마냥 그렇지

않았다.

　모든 사람이 아이를 좋아하는 건 아니었고, 자폐증이란 이유로 좋지 않게 보는 사람들도 있었다.

　"아이가 배우들을 많이 좋아하네요. 사진도 한 장 찍으실래요?"

　"그래도 되나요?"

　"배우분들의 허락을 받아야겠지만, 아마 거절하지는 않을 겁니다."

　한지혁은 웃으며 고개를 끄덕였다.

　당장 그의 앞에서 배우들이 아이와 즐겁게 웃음을 터뜨리고 있었다.

　굳이 그가 부탁을 하지 않아도 아이 아버지가 부탁을 한다면 배우들은 기꺼이 들어줄 것이다.

　한지혁과 마찬가지로 배우들도 아이들을 좋아했으니까.

chapter. 5

로버트가 배우들에게 달려가는 순간, 론은 눈을 질끈 감을 수밖에 없었다.

론은 로버트와 함께 식당, 혹은 카페를 다니고는 했다.

그때마다 주위에서 좋지 않은 시선을 느끼고는 했다.

자신의 아이가 부끄럽거나 자랑스럽지 않은 것은 아니었다.

다만 로버트가 상처받지 않기를 바랄 뿐.

자신의 아이가 다른 아이들과 조금 다르다는 이유로 사람들은 로버트에게 따가운 눈초리를 보냈다.

어째서 정신적으로 문제가 있는 아이를 공공장소에 들인 거냐고 말을 하는 사람들도 있었고.

식당에서 밥을 먹던 어떤 사람은 로버트를 보고는 밥맛이 떨어진다고 말한 적도 있었다.

물론 모든 사람이 욕을 하는 건 아니었다.

하지만 때때로 들려오는 좋지 않은 말들이 론과 그의 가족들에게 상처를 안겨 주었다.

그때의 기억들은 여전히 그들의 마음에 남아 있었고.

아이가 배우들을 향해 달려가는 것을 보는 순간, 론은 아이를 좋지 않게 보는 사람들의 시선, 그리고 그 시선에 어김없이 상처받는 로버트의 얼굴을 예상할 수 있었다.

론은 황급히 뒤따라가서 아이를 껴안았다.

"죄송합니다, 죄송합니다!"

옆에서 아내가 연신 사과를 하는 소리가 들려왔다.

론은 그 소리를 들으며 가슴이 먹먹해지는 걸 느꼈다.

아이가 다른 아이들과 조금 다르다는 이유로, 자신들이 이렇게까지 굽혀야 한다는 게 서글프게 만들었다.

하지만 어쩌겠는가.

론과 그의 아내는 로버트를 사랑했다.

자신들의 아이였고 눈에 넣어도 아프지 않을 자식이었다.

비록 남들이 손가락질하고 욕을 한다 해도, 그게 그들이 아이를 사랑하지 않을 이유가 되지는 않았다.

그들은 아이가 상처 입지 않기를 바랐고 그렇기에 아이의 귀를 막았다.

그런 그의 마음을 모르는지 아이는 연신 여왕님을 외치기만을 반복했다.

뮤지컬을 통해 처음으로 혼자만의 세상을 열었던 아이였기에.

로버트는 자신의 세상을 공유했던 대상이 너무 반가워 배우들을 보고 달려갔다.

배우들은 비록 분장을 지웠다고는 하지만, 주연 배우들을 아이가 못 알아볼 리 없었다.

주인공인 여왕 역을 맡은 배우 외에도 무대에 올랐던 대부분의 배우가 함께 있었다.

론은 아이를 품에 안은 채 슬쩍 고개를 들어 배우들을 살폈다.

그리고 그는 배우들 속에, 이번 작품에 출연하지 않은 이도 있다는 것을 알아차릴 수 있었다.

배우들 속에 있는, 배우가 아닌 존재.

그들 중 몇은 익숙한 얼굴이었다.

'한지혁이다.'

시대가, 세상이 인정한 위대한 뮤지션, 한지혁.

뮤지컬의 음악을 한지혁이 프로듀싱했다더니.

처음 열리는 뮤지컬이라 한지혁도 보러 온 모양이다.

심지어 한지혁만 있는 게 아니라 아리엘라도 바로 옆에 서 있었다.

어찌 한지혁과 아리엘라를 모를 수가 있을까.

그는 브로드웨이 거리에서 작은 음악 카페를 하나 운영하고 있었고.

매일 카페에서 트는 노래가 한지혁의 노래였다.

음악을 어느 정도 아는 사람으로서 한지혁은 존경받기에 마땅한 사람이었다.

"배우들과 사진을 찍지 않으실래요? 아이가 무척 좋아할 거 같은데."

한지혁이 어떤 사람인지 알고 있기 때문에.

자신에게 다가와 말을 하는 한지혁의 모습에 론은 멍해졌다.

배우들과 보낼 시간을 방해받았는데도 한지혁은 조금도 화를 내지 않았다.

화를 내기는커녕, 그는 로버트에게 다가가 친절하게 말을 걸어 줬고.

아이에게 뮤지컬에 사용된 음악들이 어떤 의미를 가졌는지 알려 줬다.

"아이가 귀엽네요."

아이를 바라보는 한지혁의 모습에는 가식을 조금도 찾아볼 수가 없었다.

진심으로 아이를 좋아하는 모습.

론은 그 모습을 바라보며 입술을 살짝 깨물었다.

한지혁은 로버트를 평범한 아이로 대해 주고 있었다.

아이가 다른 아이들과는 조금 다르다는 것을 느꼈을 텐데도 아이를 대하는 한지혁의 태도가 바뀌는 일은 없었다.

그게 당연한 거였다.

어떤 사정이 있건, 어쨌든 로버트는 아이였다.

평범한 아이.

그저 아주 조금 다를 뿐이었다.

하지만 사람들은 그것을 알려고 하지 않았고 그저 다르다는 이유 하나만으로 밀어내려 했다.

아니, 다르다는 것을 그저 틀리다고 말하고는 했다.

지금까지 만났던 사람들이 그러했는데, 한지혁은 그러지 않았다.

한지혁뿐만이 아니었다.

한지혁과 함께 있는 사람들 모두, 로버트에게 친절하게 대해 줬고.

다른 아이들과 똑같이 평범한 아이로 보고 있었다.

너무나도 당연한 일이었지만, 당연하지 않은 일상을 겪어 왔기에 론은 입술을 꽉 깨물었다.

그는 아이가 행복해하고 있는 걸 바라봤다.

저렇게까지 환한 미소를 짓는 걸 본 적이 언제였던가.

론은 아이를 바라보며 똑같이 미소를 지을 수가 있었다.

"한, 제가 작은 카페를 하나 운영합니다. 작고 초라하지만, 언제라도 꼭 한번 한이 들러 주셨으면 좋겠습니다."

론은 품에서 명함을 하나 꺼내 한지혁에게 건네줬다.

그는 한지혁의 진실된 모습을 바로 앞에서 볼 수 있었다.

실력과 더불어 한지혁은 사람을 차별하지 않는 좋은 사람
이었다.

그렇기에 좋은 음악을 만들 수 있었던 거겠지.

한지혁은 여러모로 존경을 받아 마땅한 사람이자 음악가
였다.

"네, 시간이 되면 꼭 한번 들르겠습니다."

"감사합니다. 아, 그리고 혹시 사인 좀 해 주실 수 있을까
요?"

"사인요?"

한지혁이 고개를 갸웃거리는 걸 보며 론은 고개를 끄덕였다.

그는 뮤지컬의 포스터에 한지혁의 사인을 받아 카페에 전
시할 생각이다.

한지혁이 만든 뮤지컬과 사인.

그 두 가지가 담긴 포스터는 억만금을 주어도 부족할 보물
이 될 것임이 분명했다.

"한, 오늘 너무 즐거웠어요."

택시를 타고 숙소로 돌아가는 길.

아리엘라가 한지혁의 어깨에 머리를 기대었다.

한지혁은 그녀의 말에 부드럽게 미소를 지었다.

"저도 즐거웠어요."

아리엘라가 즐거웠듯이, 한지혁도 즐거운 시간을 보냈다.

뮤지컬은 너무 좋았고 반가운 얼굴을 만났다.

서찬혁과의 대화는 한지혁에게 많은 생각을 안겨 주었고.

무대가 끝나고 로버트란 아이를 만났을 때는 영감을 얻을 수 있었다.

얻을 수 있는 게 무척이나 많았던 시간들이었다.

무엇보다 아리엘라가 행복해하는 것을 본 것만으로도, 한지혁은 뮤지컬을 보기 위해 움직인 목적을 전부 달성한 것이기도 했다.

아리엘라의 손을 붙잡은 채 택시를 타고 이동하기를 한참.

숙소에 도착해 옷을 갈아입은 한지혁은 침대에 누워 자신의 옆에 앉은 아리엘라를 올려다봤다.

"왜 그렇게 봐요?"

"그냥 좋아서요."

한지혁의 말에 아리엘라가 부드럽게 미소를 지었다.

그녀가 손을 뻗어 한지혁의 머리카락을 건드렸다.

그는 아리엘라의 손길을 느끼며 눈을 감았다.

숙소에 돌아오기 전, 한지혁은 뮤지컬이 끝나고 킬러퀸을 만나 보는 게 어떨지 생각을 하고 있었다.

하지만 아리엘라의 체력이 오래 움직이는 것을 허락하지 않았다.

아리엘라가 힘들어하는데 한지혁이 킬러퀸을 만날 이유는 없었다.

킬러퀸과 언제 만나자고 확실하게 약속이 정해진 것도 아니고.

굳이 오늘이 아니더라도 다음에 만나러 가면 된다.

급하게 움직일 필요가 없었기에, 한지혁은 여유를 가졌다.

지금 그에게 중요한 건 다른 무엇도 아닌 아리엘라였으니까.

오늘은 그저 아리엘라와 함께 시간을 보내는 것만으로도 충분했다.

뮤지컬을 보기 위해 움직이느라 체력을 많이 소모했으니 푹 쉬다가 맛있는 것을 먹으러 가면 되겠지.

아리엘라와 무엇을 할지 고민하고 있던 그는, 침대 옆에서 들려오는 벨소리에 눈을 떴다.

한지혁이 스마트폰을 찾아 상체를 일으켰고 아리엘라의 스마트폰의 화면이 빛나는 걸 볼 수 있었다.

'시론?'

아리엘라의 스마트폰에 떠오른 이름은, 한지혁이 들어본 적이 있는 이름이었다.

시론.

영국의 위대한 바이올리스트이자 아리엘라에게 바이올린을 가르쳐 준 스승.

한지혁은 전혀 예상하지 못한 사람의 전화에 고개를 갸웃거렸고.

아리엘라가 반갑게 웃으며 전화 받는 걸 볼 수 있었다.

"시론! 오랜만이에요."

한지혁은 그녀가 환하게 웃으며 전화 받는 모습을 가만히 바라봤다.

"저야 잘 지냈죠. 시론도 잘 지내시죠?"

아리엘라의 반가운 미소와 목소리.

그녀는 시론과 통화를 하고 있는 순간이 무척이나 즐거워 보였다.

한지혁은 그녀를 바라보다 가방을 뒤적이며 노트와 펜을 꺼내 들었다.

그녀가 전화하고 있는 걸 보면 꽤 오래 걸릴 것 같았다.

한지혁은 그 시간 동안 오늘 뮤지컬에서 얻었던 영감을 적어 낼 생각이었다.

사각사각.

한지혁에 펜을 끄적거리는 소리와 아리엘라과 전화하는 소리가 방 안을 가득 채웠다.

그렇게 얼마나 시간이 지났을까.

한지혁이 노트의 두 장을 악상을 가득 채웠을 때, 아리엘라의 전화도 끝이 났다.

"네, 시론. 다시 연락드릴게요."

아리엘라가 전화를 끊고 한지혁이 펜을 내렸다.

한지혁은 노트를 옆으로 치운 채 아리엘라를 돌아보았다.

"누구예요?"

"시론요. 저한테 바이올린을 가르쳐 준 선생님이에요."

한지혁의 물음에 아리엘라가 웃으며 말했다.

오랜만에 시론과 전화를 해서 좋았다며, 그녀는 스마트폰을 꽉 쥐고 있었다.

시론이 누구인지 한지혁도 알고 있었다.

결혼식 때 와서 인사를 한 번 하기도 했고.

무엇보다 영국에서 시론이란 이름이 가진 영향력이 매우 컸다.

위대한 바이올리니스트.

지금은 후대의 양성을 위해 힘을 쓰고 있는 그녀는, 한지혁이 보기에 존경을 받아 마땅한 사람이었다.

"무슨 일로 전화를 하셨대요?"

"제 안부를 듣고 싶으셨다고 하네요. 오랜만에 얼굴도 보고 싶다고."

아리엘라가 대답하며 한지혁을 돌아봤다.

한지혁은 자신을 바라보는 그녀의 눈동자가 매우 반짝이

고 있다는 걸 알 수 있었다.

바라는 게 있는 듯한 그녀의 모습에, 한지혁이 미소를 지었다.

"그럼 약속을 한번 잡아야겠네요."

"그래도 되겠죠?"

"물론이죠. 아리엘라가 원하는 대로 하면 돼요."

안 될 이유가 어디 있을까.

한지혁은 아리엘라가 시론을 만나는 걸 반대하지 않았다.

그에게 음악의 신들이 함께하듯이, 그녀에게도 정신적으로 기댈 곳이 필요했다.

한지혁이 그녀와 함께 있기는 하지만, 부부라고 해서 모든 걸 공유할 수 있는 건 아니었다.

그에게 말할 수 없는 비밀을 아리엘라가 가지고 있을 수 있었다.

한지혁은 자신이 그녀의 모든 필요를 채울 수 없다는 걸 알고 있었다.

그도 사람이었고 부족한 게 많았다.

그러니 아리엘라가 시론을 만나고 싶어 하는 것도 충분히 이해할 수 있었다.

시론을 직접 만난 건 결혼식장에서 아주 잠깐 본 게 전부였지만.

그녀가 대단한 사람이라는 것은 알고 있었다.

클래식계의 거장이었으며, 노후에도 자신이 아닌 후배들을 위해 힘을 쓰고 있는 사람이었다.

무엇보다 아리엘라에게 음악을 가르쳐 주었던 스승.

한지혁에게 두 사람의 만남을 막을 이유는 없었다.

아리엘라가 시론과 만나서 행복해할 수 있으면 되는 거였다.

그녀가 자신의 스승을 만나고 싶어 하듯, 한지혁도 시론을 만나 대화를 나눠 보고 싶었다.

어릴 적 아리엘라의 스승이었던 그녀에게는 들을 수 있는 게 무척이나 많을 것 같았다.

음악적으로든 아리엘라에 대한 이야기로든.

시론과 만나는 일은 한지혁에게 무척이나 반가운 일이 될 것이 분명했다.

한지혁은 언제나 최고였다.

바람의 왕국 두 번째 이야기 뮤지컬이 개봉되었다.

개봉 전부터 대중의 관심이 집중된 만큼, 개봉 이후 뮤지컬에 대한 반응은 가히 폭발적이라고 할 만하다.

예매 당일 전석 매진이라는 결과를 일으켰던 뮤지컬은.

개봉 이후에도 사람들의 엄청난 호평을 받고 있다.

뮤지컬을 보고 싶어하는 사람들을 더욱 늘어났고.

그중에는 유명 인사들도 대거 포함되어 있다.

클래식, 오케스트라 등, 장르를 가리지 않고 음악계의 거장들 또한 뮤지컬을 보기 위해 바쁘게 움직이는 중이다.

심지어 각국의 인사들조차 뮤지컬에 관심을 보이고 있다.

그저 뮤지컬 하나로 인해 전 세계가 들썩이고 있는 중이다.

이러한 결과를 만들어 낸 건 뮤지션, 한지혁.

그가 뮤지컬의 음악에 프로듀서로 참여했기에 일어난 일.

사람들은 한의 음악을 듣기 원했고, 그로 인해 전 세계가 바람의 왕국 붐이 일어났다.

한지혁, 그는 평범한 뮤지션이 아니다.

그는 이미 아주 작은 행동 하나에도 세상이 집중할 정도의 거장이 되었다.

한지혁, 그는 언제나 성공을 했기에.

사람들은 그의 행적에 주위를 기울이고 있다.

지금까지 한지혁과 같은 뮤지션은 없었고 앞으로도 없을 것이다.

한지혁과 같은 시대에 살아가고 있다는 것은, 한 번뿐인 인생에서 가장 큰 행운이 아닐 수 없다.

뮤지컬이 개봉하고 인터넷 기사들은 온통 한지혁과 뮤지컬에 대한 이야기로 가득 찼다.

뮤지컬에 대한 대중들의 반응은 매우 폭발적이었다.

대중들은 뮤지컬에 집중했고 뮤지컬을 본 사람들은 한지혁이 프로듀싱한 음악에 감탄을 보였다.

오직 한지혁이기에 가능한 일이었다고 말하는 사람들도 있었고.

한지혁은 음악가를 넘어서 그 이상의 무언가라고 말을 하는 사람들도 있었다.

그러한 사람들의 말들을, 대중은 웃으며 넘기지 않았다.

한지혁의 행적에 전 세계의 사람들이 집중했다.

심지어 각국의 유명 인사들조차 바람의 왕국 뮤지컬을 보기 위해 움직임을 보이고 있었다.

그들은 단순히 바람의 왕국 뮤지컬을 보기 위해서 움직이는 게 아니었다.

뮤지컬 속, 한지혁의 음악을 듣기 위해 움직이는 거였다.

한지혁의 이름이 없었다면, 뮤지컬이 이 정도로 관심을 받지 못했을 거라는 걸 그 누구도 부정하지 않았다.

기사들이 한지혁에 대한 내용을 가득했을 때.

커뮤니티의 반응 또한 기사들과 그리 다를 게 없었다.

뮤지컬 본 사람 있냐?

와, 진짜 레전드 그 자체였다.

이런 신선한 충격은 또 처음이었음.

살면서 진짜 뮤지컬 보면서 막 숲속에 있다는 느낌을 받을 거라고 생각한 적은 단 한 번도 없었는데.

음악이 그걸 가능하게 하더라.

뮤지컬을 보면서 마치 숲에 있는 것 같은 느낌이 드는 게, 진짜 그냥 눈으로 보고 귀로 듣는 뮤지컬이 아니라 온몸으로 느끼게 됨.

앉은 자리에서 사계절 전부 느끼고 왔다.

내가 진짜 음악을 잘 알지는 못하지만, 한 가지는 확실하게 알 수 있더라.

한지혁, 그는 신이라는 거.

내가 동화 이야기로 만들어진 뮤지컬을 보면서 감탄하고 눈물 흘리기는 처음이라니까?

이건 진짜 안 보면 후회한다.

무조건 봐야 하는 뮤지컬임.

꼭 봐라, 두 번 봐라.

진짜 바람의 왕국 두 번째 이야기 뮤지컬은 내 인생 뮤지컬이다.

너희도 안 보고 후회하지 마라.

-휴먼입니다 : 한지혁이 프로듀싱한 거면 솔직히 인정이지. 일단 음악만을 놓고 보더라도 전 세계의 인정을 받고 있잖아. 그런 사람이 뮤지컬에 참여했는데, 대단하지 않은 게 더 이상하지 않을까?

-한성최고 : 한지혁이 참여했다는 말에 나도 보러 가고 싶었는데 티켓 구하기가 너무 어렵다. 하늘의 별 따는 게 더 쉽겠어. 나중에라도 풀리기는 하겠지? 조심스럽게 희망해 본다.

-초코포도 : 한지혁이 뭐 얼마나 대단하다고. 다들 이렇게까지 난리인 거야? 나는 잘 모르겠던데. 그냥 뮤지컬 아님? 겨우 뮤지컬 하나 때문에 이렇게까지 반응해야 하는 거야? 아무리 한지혁이 참여했다고 해도 그렇지. 너무 과한 거 같은데.

-뒤로가라 : 윗놈이 뭘 모르네. 다른 사람도 아니고 한지혁이 직접 프로듀싱한 건데. 이것만으로도 얼마나 의미가 있는지 진짜 모르는 거야, 뭐야? 지금 이거 때문에 사람들이 얼마나 열광하고 있는데. 심지어 정치인들도 관심을 보이고 있는 중이라고. 잘 알지도 못하면 좀 빠져.

뮤지컬을 보고 온 사람들이 커뮤니티에 글을 올리기 시작했고.

그 밑으로 무수히 많은 댓글이 달리기 시작했다.

한지혁의 음악은 최고라며 칭찬하는 사람들이 무척이나 많았다.

가끔 한지혁의 음악이 그저 그렇다고 말을 하는 사람들이 등장하고는 했지만.

소수에 불과했고 다른 사람들로 인해 금방 묻혀 버렸다.

한지혁으로 인해 불타오르기 시작한 반응은, 그를 욕하는 댓글을 결코 허용하지 않았다.

　뮤지컬을 보고 온 사람들의 증언을 시작으로 뮤지컬에 대한 반응은 더 이상 커질 수 없을 정도로 대단해졌다.

　이 사진 본 적 있는 사람?

　브로드웨이에 있던 사람들이 찍어 올린 사진이 있는데.

　한지혁과 아리엘라가 다정하게 걷고 있는 사진이더라.

　훈남훈녀 커플이라 흐뭇하게 웃으며 사진을 보고 있었는데, 뭔가 이상한 게 눈에 들어오더라고.

　내 착각이 아니라면 아리엘라의 배가 부풀어 올라 있는 거 맞지?

　제법 많이 부풀어 오른 거 같은데, 이거 그거 맞지?

　제발 내 착각이 아니라고 말해 줘.

　배만 저렇게 나올 리가 없잖아.

　─나락나아락 : 어, 나도 방금 가서 찾아보고 왔는데……. 진짜냐? 진짜 임신한 거야? 그게 아니라면 저렇게 배가 나올 리가 없는데. 와, 미쳤네.

　─빨간토마토 : 한지혁과 아리엘라의 아이라고? 이건 진짜 경사잖아! 두 사람 사이에서 나온 아이라면 결코 평범하지 않을 텐데. 한지혁과 아리엘라의 피를 물려받은 아이는 얼마나 대단할까? 벌써부터 기대가 되는 건 나만 그런가?

-사월의겨울 : 아직 섣부른 판단 아닐까? 아직 공식적으로 발표된 것도 아닌데 우리끼리 설레발을 치고 있는 걸 수도 있잖아. 물론 나는 아이가 생겼다는 걸 원하지만, 세상 일은 어떻게 될지 모르니까. 일단 지켜보자고.

뮤지컬에 대한 내용에 이어, 한지혁과 아리엘라가 <u>브로드웨이</u>를 돌아다녔던 사진이 커뮤니티에 오르기 시작했다.

워낙 유명한 이들이었기에, 사람들은 한지혁과 아리엘라의 등장에 바로 사진부터 찍었고.

그때 찍었던 사진들을 살펴보며 사람들은 놀라워했다.

아리엘라의 배가 부른 것을 보고 아이를 가진 게 아닐까 하는 유추를 하는 사람도 있었다.

"역시 한이네. 사람들이 이렇게까지 관심을 보이고."

셰이디는 스마트폰을 통해 그 모든 것을 살펴보고 있었다.

기사나 커뮤니티의 반응들까지.

뮤지컬이 개봉하고 보이는 사람들의 반응을 보며 셰이디는 한지혁에게 감탄했다.

뮤지컬 하나로 이렇게까지 성공할 수 있는 사람이 얼마나 있을까.

셰이디는 한지혁이 아닌 다른 사람이라면 결코 불가능한 일이라는 것을 알 수 있었다.

한지혁이란 이름과 한지혁이란 사람의 음악이 만들어 낸

결과물.

자신이 뮤지컬을 만든다면 한지혁처럼 성공시킬 수 있을지 생각하던 셰이디는 이내 고개를 저었다.

한지혁이기에 가능한 일이지, 다른 사람이라면 불가능하다.

적어도 거장들이 여럿 모여 만들지 않는 이상, 한지혁 이상은커녕 비슷한 결과를 만들어 내기도 힘들 게 분명해 보였다.

그러한 사실을 알고 있는 어찌 감탄하지 않을 수 있을까.

셰이디는 한지혁의 성공을 보며 미소를 지었다.

"그런데 아리엘라가 임신을 했다는 게 아직 공표되지 않은 건가?"

그러다 문득 아리엘라에 떠드는 사람들을 보며 셰이디는 고개를 갸웃거렸다.

셰이디는 아리엘라가 임신했다는 소식을 꽤 오래전에 들었다.

그러다 보니 사람들이 아리엘라의 임신 소식을 모르고 있다는 사실에 의아해했다.

아리엘라를 보기만 해도 티가 날 텐데, 어떻게 모를 수가 있는 거지.

고개를 갸웃거리던 셰이디는 이내, 이런 생각이 아무런 의미가 없다는 걸 알았다.

대중이 임신 소식을 알든 몰랐든 달라지는 건 없었으니까.

한지혁에게도 다 생각이 있을 거라 생각하며, 그는 스마트폰 화면을 껐다.

"한도 이렇게 열심히 하고 있는데, 내가 가만있을 수는 없지."

셰이디는 다시 음악 작업에 집중을 보였다.

하루가 지나고, 한지혁은 서예주 부녀와 함께 식사 자리를 잡았다.

한지혁은 서찬혁에게 묻고 싶은 게 많았다.

그는 곧 아버지가 될 텐데, 아직 아버지로서 자신이 없었고 두렵기도 했다.

자신이 부족하다는 걸 누구보다 잘 알고 있었기 때문에, 경험자의 의견을 구하려 하고 있었다.

극장에서 서찬혁이 보여 줬던 모습과 대화를 생각한다면, 한지혁이 그에게 배울 수 있는 건 무척이나 많아 보였다.

한지혁은 아리엘라와 함께 식당으로 향했다.

미리 예약해 놓은 자리에는 서예주 부녀가 미리 와 있었다.

"언니!"

"오셨어요."

한지혁과 아리엘라를 발견한 서찬혁과 서예주가 자리에서 일어나 반겨 줬다.

한지혁이 서찬혁의 손을 붙잡았고 서예주가 아리엘라에게 다가갔다.

서예주는 한지혁보다 아리엘라를 더 반기는 모습이었다.

뮤지컬에서 아리엘라와 함께 시간을 보냈던 게 도움이 된 건지.

그 사이 무척이나 친해진 모습에 한지혁과 서찬혁이 동시에 웃었다.

"자리에 앉을까요?"

"네."

한지혁이 고개를 끄덕이며 자리로 가 앉았다.

그와 아리엘라가 한쪽에 반대 자리에는 서찬혁과 서예주가 앉으려고 했지만.

서예주가 아리엘라와 함께 앉겠다며 다가와서 졸지에 서찬혁이 혼자 앉게 되었다.

"예주가 아리엘라를 많이 좋아하나 봐요."

"네, 숙소가서도 예주가 아리엘라 씨에 대해서만 얘기했거든요. 아침에도 얼른 만나고 싶다고 어찌나 재촉하던지."

서찬혁의 말에 한지혁이 피식 웃음을 흘렸다.

아리엘라도 서예주를 좋아했기 때문에, 한지혁은 아무래

도 상관없었다.

　음식이 식탁에 올라오고, 아리엘라는 서예주에게 직접 음식을 먹여 주는 모습을 보였다.

　"저희 애가 괜히 귀찮게 하는 건 아닌지 걱정이네요."

　"괜찮습니다. 아리엘라도 즐거워 보이는 걸요."

　서찬혁의 말에 한지혁이 고개를 저었다.

　아리엘라는 자신이 싫으면 절대 하지 않는 사람이었다.

　그녀부터가 아이를 좋아했기 때문에 서예주를 챙기는 것 자체를 즐거워하고 있었다.

　서찬혁이 걱정할 만한 일은 없다는 거였다.

　한지혁의 말에도 서찬혁은 미안한 마음을 감추지 못했다.

　"예주야, 얼굴에 다 묻었다."

　서찬혁과 함께 서예주를 바라보던 한지혁은, 그녀의 볼에 묻은 음식물에 휴지를 들어 닦아 줬다.

　그의 행동은 매우 자연스러웠고 서예주도 방긋 미소를 지었다.

　그 모습을 바라보며 한지혁도 마주 미소를 지어 보였다.

　"지혁 씨가 아이를 좋아하는 게 확실히 느껴지네요."

　"귀엽잖아요, 사랑스럽고."

　서찬혁의 말에 한지혁이 웃으며 대답했다.

　한지혁의 대답을 들은 서찬혁이 묘한 미소를 지으며 말을 이었다.

"저는 아직 좋은 아빠가 뭔지 모르지만. 지혁 씨는 좋은 아버지가 될 수 있을 것 같아요."

서찬혁의 말에 한지혁이 웃어 보였다.

서예주 부녀를 보내고.

한지혁은 아리엘라와 함께 둘만의 시간을 보냈다.

그는 서찬혁과 나눴던 대화를 통해 많은 걸 얻을 수 있었다.

한지혁이 서찬혁의 대화 속에서 얻었던 것 중 하나는 아버지란 존재는 아무리 많은 경험을 해도 부족할 수밖에 없다는 것이었다.

아이를 돌보는 일에 정답은 없었기 때문이었다.

한지혁은 그 말이 제법 마음에 와닿았다.

정답이 없었기 때문에, 그는 아버지가 된다는 사실을 두려워했던 거였다.

"한."

"네, 아리엘라."

아리엘라와 함께 침대에 누워 있던 한지혁은 그녀의 말에 고개를 돌렸다.

그녀는 한지혁의 품에 안겨 자신의 배를 쓰다듬고 있었다.

임신을 한 이후로 시간이 흘러 아리엘라의 배는 제법 불러 있었다.

고개를 숙여도 발이 보이지 않을 만큼 배가 불렀고, 그래서 그런지 그녀는 움직일 때 불편함을 많이 호소하고는 했다.

한지혁은 그녀를 위해서 많은 걸 해 주고 싶었지만.

그때만큼은 해 줄 수 있는 게 없어 안타까움을 느끼고는 했다.

"아이가 태어나면 어떨 것 같아요?"

"행복하겠죠."

그녀의 물음에 한지혁은 고민하지 않고 바로 대답했다.

아리엘라와 자신 사이에서 아이가 태어난다면 어찌 행복하지 않을 수가 있고, 어찌 사랑스럽지 않을 수가 있을까?

당장 아이가 태어났을 때를 상상만 해도 가슴이 벅차오른다.

"한, 저는 가끔 겁이 나요. 아이가 태어나면 좋은 엄마가 되어 줄 수 있을지, 언제나 웃음을 안겨 줄 수 있을지 잘 모르겠어요."

한지혁의 대답에 미소를 짓던 그녀는 배에 가만히 손을 올려놓은 채 말했다.

그가 두려움을 가지고 있듯, 아리엘라에게도 그녀만의 두려움이 있었다.

아이에게 좋은 엄마가 되어 줄 수 있을지 생각을 하게 되었고.

만약 자신이 좋은 엄마가 되어 주지 못한다면 어떻게 되는
건지 고민하기도 했다.

그녀의 고민과 걱정을 똑같이 느끼고 생각하고 있었기 때
문에 한지혁은 손을 뻗어 그녀의 머리를 쓰다듬었다.

그는 곧바로 대답하지 못하고, 잠시 생각을 하다가 입을
열었다.

"저도 아리엘라와 같은 생각이에요. 아버지가 된다는 게
두려울 때가 있죠."

"한도요?"

"네, 저도요. 하지만…… 저는 반대로 기대가 되기도 해
요. 모르는 게 많고 아직 일어나지 않은 일이지만, 한 가지
확실한 건 있잖아요. 가족이라는 거요."

한지혁의 말에 아리엘라가 미소를 짓는 게 보였다.

가족.

고작 두 글자로 이루어진 그 단어는, 세상을 살아가는 힘
이 되어 주는 단어이기도 했다.

다른 사람이 다 떠나갈 때에도 항상 옆에 있어 주는 이들
이 가족이다.

기쁠 때, 슬플 때, 힘들 때.

어떤 때에든 함께하고 공유하는 것.

한지혁은 아이가 태어나 함께할 삶이 기다려졌고 기대되

었다.

전생을 경험한 그로서도 처음 겪는 일이었기에 아이를 키운다는 건 미지의 세계였다.

한지혁이나 아리엘라나 아이를 돌보는 게 서투른 건 분명했고 부족한 것도 많았다.

"가족이란 건 맞춰 가는 거잖아요. 서로의 부족함을 채워 주고 같이 나아가는 거니까요."

"그러네요."

그녀와 대화를 나누며, 한지혁은 극장에서 보았던 로버트에 대해서 떠올렸다.

평범한 아이였지만, 동시에 평범하지 않은 아이.

만약 자신의 아이가 평범하지 않다면, 혹은 다른 무슨 병을 가지고 태어난다면.

한지혁도 그런 걱정을 했었다.

세상일이 그의 뜻대로 되지는 않기에 어떤 상황이 닥쳐올지는 아무도 몰랐다.

하지만 그는 확신을 가질 수 있는 게 있었다.

어떤 아이가 태어나든, 자신과 아리엘라는 아이를 사랑할 거라는 사실.

자신의 딸을 사랑하고 아껴 주고 끝까지 함께할 거라는 것도.

그 사실만큼은 어떠한 상황에서도 변하지 않았다.

"한, 만약에 딸이 음악을 하고 싶다고 하면 어떨 것 같아요?"

"음악 말인가요?"

"네, 음악요. 한을 보고 음악을 하고 싶다고 할 수도 있잖아요."

아리엘라의 말에 한지혁은 잠시 고민하는 모습을 보였다.

한지혁은 세상의 인정을 받고 있는 뮤지션이었다.

아이가 아버지를 동경하고 따라가고자 하는 건 그리 이상한 일이 아니었다.

당장 한지혁이 아니더라도, 아리엘라가 음악 하는 모습을 보며 같이하고 싶다고 할 수도 있었다.

한지혁은 그때가 된다면 무척이나 기쁠 것 같았다.

음악은 그의 인생에 있어서 절대 떼어 낼 수 없는 요소였다.

그의 인생은 음악으로 이루어져 있었고 마지막까지도 음악이 함께할 거라는 걸 알고 있었다.

"그렇다면 저는, 제가 할 수 있는 최선을 다해서 지원할 것 같네요."

한지혁은 부드럽게 웃으며 대답했다.

아이가 음악을 하고 싶어 한다면, 한지혁은 최선을 다해 지원할 것이다.

그게 아버지로서 당연히 해야 할 일이었으니까.

"마음이 통했네요. 저도 한과 같은 생각인데."

아리엘라가 웃으며 말했다.

한지혁은 고개를 끄덕이며, 그녀와 딸과 관련해서 대화를 더 이어 나갔다.

딸이 태어나고 나서 무엇을 할지 아리엘라와 함께 행복한 상상을 했다.

그렇게 얼마나 시간이 지났을까.

"아리엘라, 다음 곡 말인데요."

한지혁은 서찬혁과 대화와 아리알레아의 대화에서 얻은 영감을 토대로 새로운 곡을 만들기 위해 움직였다.

이번 곡도 전 곡과 마찬가지로 아리엘라의 도움이 필요했다.

-한, 잠시 시간 좀 내주실 수 있을까요?

한지혁이 숙소에서 휴식을 취하고 있을 때 페인힐에게서 전화가 걸려 왔다.

전화로 잠시 시간을 내 달라는 요청에, 한지혁은 크게 고민하지 않았다.

"물론 가능하죠."

따로 약속이 잡혀 있지 않았기에, 어렵지 않게 대답할 수 있었다.

통화가 얼마나 길어질지는 정확하게 알 수는 없지만, 시간을 내는 건 힘들지 않았다.

당장 아리엘라는 침대에 누워 쉬고 있었고 한지혁은 스마트폰을 통해 음악을 듣고 있었으니까.

그저 휴식 중이던 시간을 떼어 내기만 하면 되는 거였다.

그리 어렵지 않은 일이었고 한지혁은 아리엘라의 휴식에 방해가 되지 않게 장소를 옮겼다.

침실을 나와 문을 닫은 한지혁은 페인힐과의 전화를 이어 나갔다.

-쉬시는데 방해해서 죄송합니다.

"아니에요. 괜찮으니까 편하게 말씀하세요."

한지혁은 페인힐이 아무런 이유도 없이 전화를 걸 사람이 아니라는 걸 알고 있었다.

보통 이렇게 전화를 할 때면 일과 관련해서 용무가 있을 때였다.

일이 아니라면 페인힐이 그에게 전화를 걸 이유가 없었다.

한지혁의 대답에 페인힐이 안심하는 듯이 한숨을 내쉬는 소리가 들려왔다.

-한, 지금 바람의 왕국 뮤지컬이 어느 정도의 성적을 내셨는지 아세요?

"뭐…… 좋은 성적이 나오고 있다는 것 정도는 알고 있네요."

-맙소사! 한, 단순히 좋은 정도가 아니에요. 역대급이에요, 역대급! 지금 바람의 왕국 뮤지컬이 지금까지 나왔던 모든 뮤지컬과 비교해도 최고의 성적을 내고 있습니다!

　조금 흥분한 듯한 페인힐의 목소리를 들으며 한지혁은 웃어 보였다.

　페인힐이 이만큼 흥분해서 말을 한다는 건, 그만큼 뮤지컬의 반응이 좋다는 뜻이었다.

　그의 반응을 통해서 뮤지컬의 성공을 확실하게 느낄 수 있었다.

　만약 뮤지컬 반응이 어중간했다면, 페인힐이 이렇게까지 기뻐하지는 않았을 테니까.

　페인힐의 마음을 이해할 수 있었기에 한지혁은 웃으며 말을 이어 나갔다.

　"반응이 좋다니 다행이네요."

　-전부 한 덕분입니다. 한이 아니었다면 이렇게까지 반응이 좋을 수는 없었겠죠. 정말 어떻게 감사를 드려야 좋을지…….

　"배우분들이 열심히 해 준 덕분이죠."

　한지혁은 고개를 저으며 대답하자 페인힐은 짙게 숨을 내쉬었다.

　흥분을 가라앉히려는 듯한 그의 모습에 한지혁도 잠시 말을 멈췄다.

　그렇게 조금 시간이 지나고 페인힐이 다시 입을 열었다.

-일단, 한에게 전화를 드린 건 뮤지컬의 반응이 너무 좋다는 걸 알려 드리려고 한 거예요. 역대급 매출이라 회사 내에서도 지금 난리도 이런 난리가 없어서요. 다들 한에게 무슨 선물이라도 주어야 하지 않느냐는 얘기도 나오고 있습니다.

"그렇군요."

-아, 그리고 뮤지컬이 너무 잘되어서, 애니메이션 제작도 예정되었던 일정보다 더 앞당길 수 있을 것 같습니다.

페인힐의 이어지는 말에 한지혁이 눈을 반짝였다.

뮤지컬의 반응도 반응이지만, 한지혁은 영화로 나올 바람의 왕국 두 번째 이야기도 궁금했다.

뮤지컬로도 보여 주기 힘든 연출을 애니메이션에서 보여 줄 수 있으니까.

자신의 음악이 어떤 식으로 사용될지도 기대되었다.

-그래서 그런데, 혹시 바람의 왕국 3부와 관련해서 물어보고 싶은 게 있거든요.

"바람의 왕국 3부요?"

-네, 지금 바람의 왕국이 정말 잘나가고 있어서요. 회사에서는 이대로 더 진행하는 게 좋을 것 같다고 얘기가 나오고 있는데, 한이 빠지면 진행되지 않는 일이니까요.

페인힐의 말에 한지혁은 바로 대답을 하지 못했다.

2부를 제작할 때, 확실히 한지혁은 즐거워했다.

많은 영감을 얻었고 앨범을 만드는 데에도 도움이 되었다.

하지만 그렇다고 해서 3부를 바로 진행할 수 있는 건 아니다.

"그건 지금 답을 드릴 수가 없겠네요. 우선 지현이와 얘기를 해 보기는 하겠지만, 저는 당장 3부와 관련해서는 아직 잘 모르겠습니다."

-그런가요. 너무 어렵게 고민하지는 마세요. 천천히 고민해 보신 다음 대답해 주셨으면 좋겠습니다. 저희도 의견이 나왔을 뿐이지, 확정은 나지 않았으니까요.

"알겠습니다. 나중에 지현이와 의논하고 답을 드릴게요."

페인힐에게 대답을 하면서도 한지혁은 3부와 관련해서 자신이 계속 참여할지 확신을 가질 수 없었다.

솔직하게 말해서 한지혁은 2부까지 한 걸로도 충분하지 않을까 싶었다.

참여하려면 참여할 수야 있겠지만, 한지혁은 굳이 자신이 그렇게까지 해야 할 필요를 느끼지 못했다.

작품적으로도, 개인적으로도 말이다.

그렇기에 그는 대답을 뒤로 미뤘다.

페인힐이 아쉬운 듯한 반응을 보였지만, 한지혁은 그의 반응에도 생각이 바뀌지 않았다.

그는 바람의 왕국3의 제작에 그리 흥미를 가지고 있지 않았다.

숙소에서 한지혁은 앨범에 들어갈 다섯 번째 곡을 작업하는 데에 집중하고 있었다.

"음."

노트에 악상을 끄적거리던 한지혁은 미간을 찌푸렸다.

다섯 번째 곡을 만드는 작업은 상당히 쉽지가 않았다.

어떤 식으로 윤곽을 잡아야 할지는 알 것 같았지만, 곡을 어떻게 끌고 나가야 할지는 도통 알 수가 없었다.

영감을 얻는 것과 곡을 만드는 건 엄연히 다른 일이었다.

머릿속으로 곡을 떠올릴 때는 좋겠다고 생각한 것도 막상 만들다 보면 막히는 일이 많다.

한지혁은 하루의 절반 정도를 곡을 만드는 데 투자하고 있었지만.

작업의 진척은 마냥 순조롭지 않았다.

어떻게 하는 게 좋을지 한지혁이 한참 고민하고 있을 때였다.

"한, 전화 왔어요."

아리엘라가 한지혁의 스마트폰을 들고 다가왔다.

그는 아리엘라가 내미는 스마트폰의 화면을 확인했고.

화면을 보는 그의 입가에 미소가 서렸다.

킬러퀸.

그들을 만나야 할 때가 찾아온 모양이었다.

"한, 준비 다 됐어요?"

아리엘라의 목소리에 한지혁이 고개를 끄덕였다.

킬러퀸과 만나기 위해서 준비를 했고 이제 나가기만 하면 되는 상태.

아리엘라는 한지혁의 모습을 살피더니 미소를 지었다.

"멋있어요, 한."

"아리엘라도요. 오늘 너무 예쁘네요."

"뭐야. 그럼 평소에는 안 예쁘다는 거예요?"

"오늘 특별히 더 예쁘다는 거죠."

한지혁이 웃으며 아리엘라에게 다가갔다.

결혼을 하고 나서 1년이나 시간이 지났지만, 그는 여전히 아리엘라를 볼 때마다 결혼 초창기의 느낌을 받았다.

아리엘라는 어떤 모습이든 항상 아름다웠고 매력적이었다.

그녀가 한지혁의 팔을 슬쩍 감싸 안으며 걸음을 옮겼다.

"오랜만에 만나는 거네요."

"네."

한지혁도 그렇지만, 아리엘라도 킬러퀸과 굉장히 오랜만

에 만나러 가는 자리였다.

어제 전화가 와서 말이 나온 김에 바로 오늘 보기로 결정을 했다.

그만큼 보고 싶기도 했고.

그래도 사실…… 아리엘라와 함께 시간을 보내고 싶긴 했지만.

그렇다고 딱히 뭔가 해야 할 일이 있었던 것도 아니었으니까.

'얼마 만에 얼굴을 보는 거지.'

신혼 생활을 했을 때는 오직 아리엘라와만 시간을 보냈다.

한지혁이 아리엘라와 신혼 생활을 보내는 것을 방해하고 싶지 않다고 말해 놔서, 손님이 많이 찾아오지도 않았고.

앨범에 있어서 급한 일이 아니라면 연락도 하지 않았다.

킬러퀸은 한지혁을 소중하게 여겼고 그렇기 때문에 그를 대하는 면에 있어서 크게 존중해 줬다.

한지혁이 바라지 않는다면 하지 않는 게 킬러퀸이었기에, 그들은 아리엘라와 한지혁이 그저 행복하게 시간을 보낼 수 있게 배려해 주었다.

덕분에 행복한 시간들을 보낸 것도 맞았지만, 동시에 만나서 음악 이야기를 하는 것도 즐거운 일이 분명했기에.

그들을 만나러 가는 한지혁의 발걸음은 가벼웠다.

"무척 신나 보여요."

"오랜만에 만나는 거니까요. 아리엘라도 함께하고 있고요."

한지혁이 아리엘라에게 미소를 보이며 말했다.

킬러퀸의 작업실까지 가는 시간은 그리 오래 걸리지 않았다.

한지혁의 숙소와 킬러퀸의 작업실은 멀리 떨어져 있지 않아서, 차를 타고 이동하니 20분이면 도착했다.

작업실을 향하는 길에 뉴욕의 거리도 살펴보며 움직이니 시간 가는 줄 모르기도 했고.

"여기도 오랜만이네요."

킬러퀸의 작업실에 앞에 선 한지혁은 작게 중얼거렸다.

처음 이곳에 왔을 때 그는 많은 기분을 느꼈었다.

킬러퀸이란 전설적인 밴드와 함께 음악을 한다는 사실이 그를 매우 설레게 만들었고.

킬러퀸은 음악을 할 때 어떤 생각을 가지고 어떻게 작업을 하는지.

그들과 음악을 하면서 많은 걸 배웠다.

그 이후로도 킬러퀸과는 종종 만남을 가졌다.

한지혁의 무대에 그들이 도와주는 등 계속해서 좋은 인연을 유지하고 있었다.

한지혁은 웃으며 아리엘라와 함께 작업실 안으로 들어섰다.

작업실에서는 킬러퀸이 음악을 하고 있었다.

"오, 한!"

"한, 왔어?"

한지혁이 작업실에 들어오기 무섭게 그를 알아본 킬러퀸이 반갑게 웃으며 다가왔다.

그들의 환대에 한지혁도 웃으며 그들과 인사를 나눴다.

"한, 잘 지냈나?"

"네, 잘 지내고 있었습니다. 존도 잘 지내고 있었죠?"

"그럼. 우리 모두 잘 지내고 있었지. 아리엘라도 오랜만이네요."

존의 말에 한지혁이 고개를 끄덕이며 아리엘라를 돌아보았다.

한지혁의 시선에 아리엘라가 앞으로 살짝 나오며 킬러퀸과 인사를 나눴다.

킬러퀸은 한지혁을 반겨 주었듯이, 아리엘라 또한 반갑게 맞아 주었다.

아리엘라는 그런 그들의 환대에 미소를 지었다.

한참 동안 인사를 주고받고 나서야 한지혁은 소파에 자리를 잡고 앉을 수 있었다.

"아리엘라, 혹시 드시고 싶은 거라도 있어요?"

"차는 어떤 게 좋나요?"

아리엘라의 필요를 채워 주려는 그들을 바라보며 한지혁

이 웃음을 보였다.

킬러퀸이 지금 보이는 모습은 단순히 한지혁에게 잘 보이기 위한 게 아니었다.

한지혁의 아내인 만큼, 너무 자연스럽게 아리엘라를 챙기는 거다.

아리엘라가 괜찮다는 듯 손을 흔드는 것을 본 한지혁은, 앞에 앉은 브라이언에게 말을 걸었다.

"앨범을 작업하고 있다고 들었습니다."

"응, 그래서 한의 도움이 필요해."

"그럼 먼저 작업되어 있는 것부터 들을 수 있을까요?"

한지혁의 말에 브라이언이 고개를 끄덕이며 자리에서 일어났다.

자리에서 일어난 브라이언이 음향 장비를 건드렸다.

이내 스피커를 통해 킬러퀸이 작업 중인 음악이 흘러나왔다.

한지혁은 음악을 들으며 감탄할 수밖에 없었다.

'역시 킬러퀸이네.'

킬러퀸의 새 앨범은 아직 완성되지 않았음에도 완벽함을 보여 주고 있었다.

한지혁은 눈을 감은 채 음악을 들었다.

음악이 끝나고 나서도 한지혁은 바로 말을 꺼내지 못했다.

킬러퀸의 음악을 곱씹으며 머릿속을 가득 채우는 영감을

정리했다.

"좋네요."

"그런가요?"

"네, 정말로 좋았어요."

바로 옆에 앉아 있던 아리엘라가 먼저 입을 여는 것으로 침묵이 사라졌다.

킬러퀸은 아리엘라의 평가를 듣고 미소를 지었다.

그녀는 킬러퀸의 음악에 감탄하고 있었다.

"한은 어때?"

"저도 아리엘라와 같은 생각이에요. 확실히 킬러퀸이구나 하는 느낌의 곡이었어요. 너무 좋네요."

한지혁은 진심을 담아 말했다.

그의 말에 킬러퀸이 동시에 입꼬리를 올리는 게 눈에 들어왔다.

그들은 자신들이 만든 음악이 한지혁에게 칭찬을 받고 있는 사실에 기뻐하는 모습을 보였다.

"한, 우리는 이번에 제대로 앨범을 만들고 싶네."

브라이언이 말한다.

"브라이언 말이 맞아. 우리는 진정한 퀸의 노래를 만들고 싶어. 퀸의 노래를 말이야. 물론 지난번에도 시도한 일이지만, 지난번과는 조금 다른 퀸의 노래가 필요해."

존이 '퀸'이란 단어를 반복해서 강조했다.

한지혁은 자신을 빤히 바라보는 그들의 시선에 바로 대답하지 못했다.

그들이 무슨 말을 하는지 조금은 알 것 같았다.

킬러퀸은 총 네 명으로 구성된 밴드였다.

보컬 겸 피아노, 베이스, 드럼, 기타, 이렇게 네 가지로 구성되어 있었다.

이 중 하나라도 빠진다면 그건 킬러퀸이 아니었다.

한지혁은 킬러퀸의 멤버 한 사람 한 사람과 눈을 마주쳤다.

그들은 한지혁의 시선을 피하지 않았다.

강렬한 눈빛을 보내오며 자신들의 의지를 보이고 있었다.

'진정한 퀸의 노래라…….'

킬러퀸은 네 사람이기에 완벽한 밴드였었다.

그런데 지금 킬러퀸은 세 명이 되었다.

보컬이자 피아노를 맡았던 퀸이 없었다.

퀸이 없는 세월이 꽤 오래 지나왔고.

킬러퀸은 완전체가 아닌 채로 앨범을 만들 수가 없었다.

지난번 앨범 작업 때에도 그런 생각을 하고 있었기에 한지혁이 나서서 함께했다.

"우리에겐 퀸이 없다. 하지만 퀸이 되어 줄 수 있는 사람이 있지."

존이 말했고 다른 멤버들이 한지혁을 바라보았다.

그들의 시선을 느낀 한지혁은 웃음을 흘렸다.

그들이 말하는 퀸을 대신하는 사람이 누구인지는, 물어보지 않아도 될 일이었으니까.

"한, 저는 구경 좀 하고 올 게요."

"네, 아리엘라."

아리엘라가 자리에서 일어나며 하는 말에 한지혁이 고개를 끄덕였다.

평소에도 킬러퀸에 대해 이야기를 할 때 그들의 작업 방식이나 작업실에 관심을 보였던 그녀였기에, 한지혁은 곧바로 답할 수 있었다.

한지혁은 그녀와 함께 일어나려고 했지만.

"저 혼자 할 수 있어요."

아리엘라가 그에게 고개를 저으며 답했지만, 한지혁의 눈은 계속해서 아리엘라를 좇았다.

"애처가군."

"한, 그렇게도 아리엘라가 좋나?"

킬러퀸의 물음에 한지혁이 당연하다며 고개를 끄덕였다.

한지혁은 그녀를 사랑했다.

그건 영원히 변하지 않을 진실이었다.

"존도 아내를 사랑하잖아요."

"사랑하지."

"저도 같아요."

한지혁의 말에 존이 피식 웃음을 흘렸다.

한지혁과 마찬가지로 존도 애처가로 소문이 난 사람이었다.

"한."

"네, 브라이언."

"우리는 여기까지 곡을 만들었어. 하지만 완성하지 못했지. 네 도움이 필요해."

다시 일 얘기를 하자는 브라이언의 말에, 한지혁은 바로 대답하지 못했다.

그 또한 고민을 할 시간이 필요했으니까.

그가 킬러퀸이 작업한 미완성곡을 듣고 느낀 부분은 사실, 꽤 많았다.

곡은 물론 좋았다.

하지만 문제점도 함께하고 있었다.

결론부터 말하자면, 결국 곡이 얼마나 좋든, 킬러퀸의 말대로 이 곡은 미완성이었다.

모든 것이 완벽하지만, 부족한 부분은 단 하나.

퀸의 노래였지만 퀸이 없었다.

그렇기에 킬러퀸이 그를 찾은 것이었다.

한지혁은 그들에게 대답하기에 앞서, 킬러퀸의 음악을 다시 한 번 들어 보았다.

킬러퀸은, 다양한 배경을 가진 음악가들이 모여 이룬 밴드다.

결혼한 사람도 있고 결혼하지 않은 사람도 있다.

전혀 다른 삶을 사는 존재들.

전혀 다른 성격을 가지고 있고, 취향도 서로 다 다르다.

그런 존재들이 모여서 하나의 밴드를 이룬 거다.

그래서 킬러퀸의 특색은 다양하다.

물론 한지혁 또한 킬러퀸이 가지지 못한 특성을 가지고 있었다.

한지혁은 킬러퀸을 둘러보았다.

그들을 보고 있는데…….

왜일까, 갑자기 곡 하나가 떠오른다.

'우주'라는 이름의 곡.

다른 인종, 다른 취향, 다른 성향을 가진 다양한 사람들은 결국 같은 우주에 살아가고 있다는 내용의 곡이다.

한지혁은 킬러퀸만큼 다양성을 가진 밴드를 보지 못했다.

그래서 더욱 '우주'라는 곡이 생각나는 것일 수도 있었다.

아무리 다양해도 결국 한 우주에 살아가고 있는 사람들이니까.

불현듯 찾아온 영감에 한지혁의 눈이 반짝였다.

잠시 생각을 정리할 시간이 필요했기에, 한지혁은 잠시 입을 다물었다.

　그리고 그는, 자신을 빤히 바라보는 킬러퀸의 시선에 미소
를 지었다.

　킬러퀸은 한지혁이 입을 열 때까지 기다리고 있었다.

"브라이언."

"어."

"킬러퀸은 퀸이 있기 때문에 킬러퀸인 거죠?"

　한지혁의 물음에 브라이언이 당연하다며 고개를 끄덕였다.

　그는 고개를 돌려 다른 멤버들도 살펴보았다.

　그들 역시 브라이언과 같은 생각이었다.

　그 모습을 바라보며 한지혁은 말을 이었다.

"그럼 지금 퀸이 없으니, 킬러퀸이 아닌 건가요?"

"그건……."

　한지혁의 말에 브라이언이 입을 다물었다.

　다른 킬러퀸의 멤버들 역시 대답을 하지 못했다.

　－또 하나의 여왕'이 당신을 바라봅니다.

　한지혁은 시야에 떠오른 메시지에 웃음을 흘렸다.

　퀸은 한지혁을 바라보고 있었고, 동시에 킬러퀸을 바라보
고 있었다.

　결국, 먼저 세상을 떠난 여왕은 남겨진 자신의 친구들을

걱정할 수밖에 없었다.

그가 세상에 있을 때.

유일하게 그를 이해해 주던 이들이, 킬러퀸이었으니까.

음악으로 그를 위로해 주는 이들이었으니까.

물론, 남은 킬러퀸 또한 먼저 떠난 여왕을 잊을 수 있는 건
아니었다.

퀸을 보고 모인 이들이었고 퀸이 있었기에 완성체였던 킬
러퀸이었다.

퀸이 사라지고 킬러퀸은 뭉치기 힘들었다.

구심점이 사라졌으니, 그들은 새로운 구심점을 찾아야 했
다.

그리고 그 새로운 구심점은...

"오랜만에 같이 연주 한번 해 볼까요?"

가벼운 미소와 함께 물었다.

한지혁은 걸음을 옮겨 피아노로 다가갔다.

그의 발걸음을 따라 킬러퀸의 시선이 따라붙었다.

한지혁은 그들의 시선을 담담하게 받아 내며 피아노 앞에
멈춰 섰다.

-또 하나의 여왕'이 추억에 잠긴 채 미소를 짓습니다.

퀸이 직접 사용했던 피아노.

한지혁은 그 피아노 앞에 선 채 주변을 돌아보았다.

드럼에 앉은 로저가, 기타를 든 브라이언이, 베이스를 잡은 존의 시선이 한지혁의 행동을 쫓고 있었다.

그들은 한지혁을 바라보았고 그와 눈을 마주쳤다.

한지혁은 그들을 하나하나 바라보았다가 피아노 앞에 자리를 잡고 앉았다.

퀸이 죽고 꽤 오랜 시간이 지났는데도 불구하고 피아노에는 먼지 한 점 찾아볼 수가 없었다.

-또 하나의 여왕'이 당신을 바라봅니다.

한지혁이 피아노 앞에 앉았을 때 퀸은 아무런 말도 하지 않았다.

그가 하는 행동을 바라보며 미소를 지을 뿐이었다.

다른 신들의 메시지도 함께 떠올랐지만, 그들의 메시지는 한지혁의 시야에 담기지 못했다.

한지혁은 오로지 퀸의 메시지를 보고 있었다.

그는 천천히 눈을 감았다가 뜨며 피아노에 손을 올렸다.

한지혁을 바라보고 있던 킬러퀸이 서로에게 신호를 보냈다.

채앵.

로저를 시작으로 연주가 시작되었다.

한지혁은 그들을 따라 건반을 두드렸다.

진정한 퀸의 노래를 만들기 위해 시작된 연주.

퀸이 없었기에 불완전했던 연주가 한지혁을 통해 완전해
지고 있었다.

두웅.

로저가 환한 미소를 지은 채 드럼을 두드렸다.

그의 손에서부터 이어지는 드럼에는 숨길 수 없는 기쁨이
담겨 있었다.

존과 브라이언이 서로를 바라보며 미소를 지었다.

그들의 연주가 공간을 가득 채워 나갔다.

한지혁의 피아노를 중심으로 킬러퀸이 뭉쳤다.

새로운 구심점을 찾은 그들의 음악에는 더 이상 미련이 담
겨 있지 않았다.

언제나 퀸의 뒤를 쫓으며, 퀸만을 생각하던 킬러퀸이었다.

그들은 퀸이 없는 킬러퀸은 있을 수 없다고 생각하고 있었
다.

퀸이 있기에 완성될 수 있는 킬러퀸이라는 생각이 그들의
발목을 붙잡았다.

음악을 할 때에도 그들은 자신들의 음악을 완성할 수가 없
었다.

퀸이 없었으니까.

킬러퀸에 퀸이 빠져 있는데 어떻게 음악을 완성할 수 있을까.

하지만 그들은 지금 이 순간 희열을 느꼈다.

퀸이 없다고 해서 킬러퀸이 아닌 게 아니었다.

그들은 여전히 킬러퀸이었고 그 사실은 앞으로도 변하지 않을 사실이었다.

킬러퀸의 분위기가 바뀌었다.

한지혁은 피아노를 연주하면서 킬러퀸의 변화를 느낄 수 있었다.

음악가는 음악으로서 마음이 통할 수 있다는 말이 있다.

한지혁과 킬러퀸은 함께 음악을 하면서 마음이 통하고 있었다.

그들이 어떤 기분이고, 어떤 생각을 가졌는지 음악을 통해 알 수 있었다.

한지혁은 고개를 들어 킬러퀸을 바라보았다.

킬러퀸도 고개를 돌려 한지혁을 바라보고 있었다.

그들의 입가에 서린 미소를 보며 한지혁은 흐릿하게 미소를 지었다.

킬러퀸은 더할 나위 없이 만족하고 있었지만, 한지혁은 만족할 수가 없었다.

좋은 음악이었고 처음보다 훨씬 좋아졌다는 사실도 부정

할 수 없었다.

모든 게 좋은 상황이었지만, 한지혁만큼은 편하게 웃을 수가 없었다.

'아쉬워.'

한지혁은 방금의 연주에서 이유를 알 수 없는 아쉬움을 느끼고 있었다.

완벽한 음악이었지만, 완벽하지 않다는 생각이 드는 건 왜일까.

　

—또 하나의 여왕'이 당신에게 고마운 마음을 전합니다.

—거리의 천사'가 무척이나 좋은 음악이었다며 박수를 보냅니다.

—음악의 신동'이 영감이 떠오른다며 펜을 듭니다.

　

킬러퀸도 만족하고 있었고 음악의 신들도 찬사를 보내오고 있었다.

그들의 반응을 보면서 한지혁은 마냥 편하게 웃을 수가 없었다.

좋은 음악이었지만, 자꾸만 아쉬운 마음이 들었다.

'퀸의 부재는 어쩔 수 없는 건가.'

한지혁은 천천히 눈을 감았다가 뜨며 옅게 한숨을 내쉬었다.

매우 적은 아쉬움이었지만, 그 아쉬움이 한지혁을 건드렸다.

이대로 완성을 시켜도 아무런 문제가 없었지만, 한지혁은 그러고 싶지 않았다.

다른 방법을 찾아야 하나 생각하고 있을 때였다.

"한, 제가 바이올린을 연주해도 될까요?"

아리엘라의 목소리에 한지혁이 고개를 돌렸다.

그녀가 작업실에 있는 바이올린을 가리키고 있었다.

한지혁은 그 모습을 바라보며 정신이 번쩍 드는 기분이었다.

그가 생각하는 킬러퀸의 음악은, 다양한 이들이 몰입할 수 있는 음악이었다.

그게 가능한 이유는, 킬러퀸 자체가 다양하기 때문.

킬러퀸은 다양성의 총집합체라고 해도 무방했다.

그들은 저마다 다른 성향과 취미를 가지고 생활을 살아가고 있었다.

그들은 전부 달랐고 그렇기에 더욱 잘 어울렸다.

킬러퀸만큼 다양한 건 없을 것이다.

한지혁과 킬러퀸이 함께 했는데 느껴지는 약간의 아쉬움.

근데 거기에 아리엘라가 더 해지면 어떤 결과가 나올까.

"너무 좋을 것 같은데요?"

한지혁은 그녀를 바라보며 말했다.

킬러퀸은 한 없이 다양한 존재다.

그리고 너무 당연하게도, 바이올린이 추가된다고 해도 상관없는 게 킬러퀸이다.

그 어떤 악기가 들어온다고 해도 킬러퀸은 킬러퀸이니까.

한지혁의 말에 아리엘라가 환한 미소를 지으며 다가왔다.

아리엘라가 킬러퀸의 사이에 들어오고 다시 한 번 연주가 시작되었다.

연주가 시작되고 아리엘라의 바이올린이 추가되는 순간.

한지혁은 환하게 웃을 수 있었다.

그가 아쉽다고 느껴졌던 부분이, 아리엘라의 바이올린과 함께 사라졌다.

-또 하나의 여왕'이 당신들의 연주를 보며 경악합니다.

방금 한지혁은 전율을 느꼈다.

어쩌면 전율을 느낀 것은.

그뿐만이 아닐지도 모른다.

킬러퀸과의 연주는 두 시간이 넘게 이어졌다.

한지혁은 연주를 통해서 얻은 것들을 앨범에 녹여 냈다.

아리엘라가 참여하면서, 완성도는 더욱 올라갈 수 있었다.

"허…… 한, 너는 진짜."

"미쳤군."

킬러퀸이 감탄하는 소리들이 들려왔다.

한지혁은 그들의 목소리를 들으며 웃음을 흘렸다.

이 앨범은 킬러퀸의 앨범이었지만, 한지혁에게도 매우 깊은 의미를 안겨 주었다.

많은 영감을 주었고 킬러퀸과 조금 더 가까워질 수 있었다.

"아리엘라, 수고 많았어요. 힘들었을 텐데, 덕분에 많은 도움이 되었네요."

"저도 좋았는걸요."

아리엘라의 말에 한지혁이 부드러운 미소를 지었다.

한지혁은 그녀를 바라보며 웃지 않을 수가 없었다.

그녀가 바이올린을 들지 않았다면, 연주를 함께하고 싶다고 말하지 않았다면.

그는 지금까지도 아쉬움을 느끼고 있었을 테니까.

앨범 작업을 할 수는 있어도 만족할 수는 없었겠지.

아리엘라의 도움으로 한지혁은 보다 수월하게 작업할 수 있었다.

"이제 가는 건가?"

"네, 이제 가야죠."

존의 말에 한지혁이 고개를 끄덕였다.

킬러퀸의 앨범도 한지혁이 줄 수 있는 최선의 도움을 주었다.

이제는 돌아갈 때가 되었다.

한지혁은 언제까지고 킬러퀸의 작업실에 함께 있을 수는 없었다.

아리엘라도 함께 있었고 한지혁이 작업해야 할 곡도 있었다.

"아쉽네. 더 많이 얘기를 나누고 싶었는데."

"다음에 한 번 더 만나면 되죠."

한지혁이 웃으며 말하니, 존이 미소를 지은 채 고개를 끄덕였다.

그들에게는 이번 만남이 마지막이 아니었다.

언제든지 만날 수 있었고 그들의 만남을 막는 사람도 없었다.

단지 서로를 너무 좋아했기 때문에 떨어지는 걸 싫어하게 되었을 뿐이었다.

"다음에 보자."

"아리엘라도 조심히 들어가요."

킬러퀸은 한지혁과 아리엘라를 배웅해 줬다.

한지혁은 차에 올라타 아직까지도 자신들을 바라보고 있는 킬러퀸을 보았다.

그들은 차에 탄 한지혁과 아리엘라를 향해 손을 흔들고 있었다.

"아리엘라, 손 한 번 흔들어 줘요."

"네."

창문을 내려 그들에게 손을 흔들며 킬러퀸과 인사를 한 한지혁은 숙소로 향했다.

그리 멀지 않았기에, 금방 도착했고.

숙소 앞에 도착한 한지혁은 슬쩍 아리엘라를 돌아보았다.

'많이 피곤했나 보네.'

어느새 곤히 잠을 자고 있는 그녀를 보며, 한지혁이 미소를 지었다.

두 시간이 넘게 연주를 했으니 충분히 힘들만 했다.

그녀를 바라보며 한지혁은 푸근한 미소를 지었다.

한지혁은 그녀를 깨우지 않기 위해 조심히 차에서 내려 반대편으로 걸어갔다.

그녀가 앉아 있는 쪽에 있는 문을 열고 안전벨트를 풀었다.

그녀를 품에 안아 들고 한지혁은 숙소에 들어갔다.

한지혁은 아리엘라를 침대에 눕히고 옷을 갈아입었다.

그녀의 옆에 비스듬하게 누우며 노트를 잡았다.

한지혁은 앨범의 다음 곡에 대한 작업을 시작했다.

마음 같아서는 당장이라도 런던으로 돌아가 서재에서 작

업을 하고 싶었지만.

아리엘라는 아직 뉴욕에 있고 싶어 했고 한지혁도 뉴욕에서 만날 사람이 남아 있었다.

한지혁은 마음을 급하게 먹지 않았다.

음악이란 건 급하게 한다고 해서 빠르게 완성되거나 완성도를 높일 수 있는 게 아니었다.

그는 펜을 들어 노트에 악상을 끄적거렸다.

킬러퀸을 통해서 얻은 영감을 노트에 풀어냈다.

일찍 눈을 뜬 한지혁은 침대에서 내려와 화장실에 들어갔다.

차가운 물로 세수를 하니 정신이 맑아지는 기분이었다.

화장실에서 나온 한지혁은 아리엘라가 깨지 않게 조심스럽게 움직였다.

거실로 나와 어젯밤에 이어 음악 작업을 이어 갔다.

앨범에 들어갈 다섯 번째 곡.

한지혁은 다섯 번째 곡에서 아이에게 자신과 아리엘라의 생각을 말하고 싶었다.

아이가 어떤 모습이든, 어떠한 일을 하든.

너이기 때문에 자신들은 언제나 사랑하고 있다는 것을 담아 낼 생각이었다.

킬러퀸과의 경험이 이번 곡을 만드는 데에 있어서 큰 영감
을 주었다.

그는 천천히 자신의 악상을 노트에 녹여 냈다.

"한? 여기 있어요?"

한지혁이 한참을 노트에 끄적거리고 있을 때, 방의 문이
열리면서 아리엘라가 모습을 보였다.

그녀는 부스스한 모습으로 고개를 두리번거리며 한지혁을
찾았다.

"네, 아리엘라."

"일어났는데 옆에 없어서……. 뭐 하고 있었어요?"

그녀의 물음에 한지혁은 자신의 노트를 보여 줬다.

"앨범의 다섯 번째 곡을 작업하고 있었어요."

한지혁의 설명에 아리엘라가 고개를 끄덕였다.

그녀는 걸음을 옮겨 한지혁의 옆에 앉아 어깨에 머리를 기
댔다.

한지혁은 그녀의 머리를 쓰다듬으며 미소를 지었다.

"아리엘라."

"네."

"아리엘라의 의견을 듣고 싶은 게 있어요."

한지혁의 말에 그녀가 고개를 들었다.

아리엘라와 눈이 마주친 한지혁이 웃음을 보였다.

다섯 번째 곡은 한지혁, 그 혼자서 만들 수 있는 게 아니었다.

아리엘라의 도움이 필요했고 그녀의 의견이 있어야 완성할 수 있는 곡이었다.

"제 의견요?"

"네, 우리 아이에 대한 거예요."

아이에 대한 사랑.

한지혁은 그녀와 자신이 아이를 생각하며 얻는 모든 기분을 다섯 번째 곡에 녹여 내고 싶었다.

아이에게 자신들이 사랑하고 있다는 걸 알려 주고 싶었고.

아이가 자이 음악을 들으며 행복함을 느꼈으면 하는 마음이었다.

한지혁은 그녀를 향해 다정한 미소를 보이며 자신이 생각하고 있는 다섯 번째 곡의 콘셉트를 알려 주었다.

'U.'

다섯 번째 곡의 이름은 U가 될 것이다.

다음 권으로 이어집니다

꿈의 도약, 로크에서 하십시오
(주)로크미디어에서 신인 작가를 모십니다

즐거운 세상, 로크미디어는 꿈을 사랑하고 도전을 두려워하지 않는 작가 분들의 참신한 작품을 기다리고 있습니다. 21세기 장르 문학계를 이끌어 갈 차세대 선두 주자 (주)로크미디어에서 여러분의 나래를 활짝 펴 보시길 바랍니다.

모집 분야 판타지와 무협을 포함한 장르 문학
모집 대상 아마추어 작가, 인터넷 작가
모집 기한 수시 모집

   작품 접수 시 유의 사항
   1. 파일명은 작가명_작품명.hwp형식을 갖춰 주십시오.
   1. 파일에 들어갈 내용은 다음과 같습니다.
      — 성명(필명인 경우 실명을 밝혀 주세요), 연락처, 이메일 주소
      — 제목, 기획 의도
      — A4용지 1장 분량의 등장인물 소개
      — A4용지 2장 분량의 전체 줄거리
      — 본문
   1. 작품이 인터넷에 연재되고 있다면, 게시판명과 사이트의 구체적이고 정확한 주소를 기재해 주십시오.

선택된 작품은 정식 계약 후 출판물로 간행되어 전국 서점에 유통됩니다.
작가 분은 (주)로크미디어의 전폭적인 지원하에 전속 작가로 활동하시게 됩니다.
※ 자세한 내용은 로크미디어 홈페이지(rokmedia.com)를 참조하세요.

(03920)서울시 마포구 성암로 330 DMC첨단산업센터 3층 318호
(주)로크미디어 편집부 신간 기획 담당자 앞
전화 : 02) 3273-5135
www.rokmedia.com   이메일 : rokmedia@empas.com

활써크 대마법사

한시웅 퓨전 판타지 장편소설

거침없는 팩트 폭격으로
드래곤조차 눈치 보게 만드는
극강의 꼰대! 아니, 최강의 궁신이 나타났다!

유일하게 '신'이라 불리는 무인, 궁신 하철혁
자격을 시험받다 우화등선에 실패해
새로운 세상에서 눈을 뜨는데……

내공이 한 줌도 없다?

제로부터 시작하는 이세계 생활에 놀람도 잠시
처음으로 아버지라 느낀 존재가 살해당하고
그 뒤에 모종의 음모가 있음을 알게 되는데!

이세계에서도 궁신의 신화는 계속된다!
군필도 두 손 두 발 드는 FM 정신으로
안 되는 것도 되게 하라!

기어코 무대로

공원동 현대 판타지 장편소설

> ## "관심을 받으면 집중이 잘돼요."
> ### 사상 최강의 관종(?) 싱어송라이터가 나타났다!
>
> 데뷔 직전 사고로 인해 모든 것을 포기한 도원경
> 삼 년 뒤, 그에게 기적이 일어났다?
>
> 사람들의 시선을 받으면 능력이 발현!
>
> 너튜브 영상이 대박 나고
> 서바이벌 오디션 출연 제의까지?
>
> 도원경 사전에 더 이상 포기는 없다!
> 좌절을 딛고, 『기어코 무대로』!